J. F. COOPER: **Lederstrumpf-Geschichten**

In den weiten nordamerikanischen Wäldern hallt es wider von den Kriegsrufen der Indianer. Es ist die Zeit, da Engländer und Franzosen in wechselvollen Kämpfen miteinander um den neuen Kolonialbesitz ringen. Die freiheitsliebenden Indianer, von den Weißen aus ihren Jagdgründen verdrängt, werden in die Kämpfe der neuen Herren des Landes verwickelt und greifen auf beiden Seiten in den Kleinkrieg ein.

In den Mittelpunkt dieser geschichtlichen Auseinandersetzung hat J. F. Cooper in seinen Lederstrumpf-Geschichten die Gestalt Natty Bumppos, des großen Jägers und Waldläufers, gestellt. Zusammen mit seinem indianischen Freund Chingachgook und dessen Sohn Unkas kämpft er, den die Indianer Wildtöter und Falkenauge nennen, gegen die Mingos, die aus dem kanadischen Norden eingedrungen sind. Als die drei sich einer Reisegesellschaft annehmen, die von ihrem indianischen Führer verraten worden sind, können sie diese zwar vor den Mingos, die ihnen auflauern, retten, aber Unkas, der letzte Nachfahre der Mohikaner, wird nie mehr zurückkehren zu den Wigwams der Delawaren.

J. F. COOPER

Lederstrumpf-Geschichten

ERSTER TEIL

Der Wildtöter · Der letzte Mohikaner

W. FISCHER-VERLAG · GÖTTINGEN

Illustriert von Franz Reins

ISBN 3 439 00916 5

Gesamtherstellung: Fischer-Druck, Göttingen

Der Wildtöter

Der letzte Mohikaner

Noch ist Frieden am Glimmersee

Zur Zeit unserer Geschichte — zwischen den Jahren 1740 und 1745 — war nur ein schmaler Streifen Landes an beiden Ufern des Hudson von der Mündung bis zu den Fällen unweit seiner Quellen von den Siedlern bewohnt. Dieser Landstrich bildete mit ein paar vorgeschobenen Siedlungen am Mohawk und am Schoharie die Kolonie New York. Mit mächtigen Wäldern drängte die Urwildnis von Westen her noch an den Hudson heran und darüber hinweg nach Neu-England hinüber. In diesem unübersehbaren Gebiet von noch unberührten Wäldern, mit glänzenden Seen und rauschenden Flüssen, war der Indianer unumschränkter Herr seiner angestammten Jagdgründe, und auf lautlosen Mokassins zog er hier gegen die weißen Eindringlinge auf Kriegspfad, die ihm das Land seiner Väter streitig machen wollten. —

Klare Junisonne lag über den hohen Baumkronen eines dichten Waldes, aus dem ab und zu die lauten Rufe zweier

Männer drangen. Eine Gestalt arbeitete sich durch das verschlungene Gestrüpp am sumpfigen Rande einer Lichtung, die den Ausblick auf ein Stückchen Himmel gestattete.

„Hier kann man wieder atmen!" rief der Mann vergnügt. „Hurra, Wildtöter, wir sind nahe am See!" Da bog auch schon der zweite Wanderer das Gebüsch auseinander und trat ins Freie. Er ordnete seine verschobene Kleidung und ging zu seinem Gefährten hinüber, der sich zur Rast niederlassen wollte.

„Kennt Ihr den Platz hier?" fragte der mit Wildtöter Angeredete. „Oder habt Ihr nur die Sonne so freudig begrüßt?"

„Beides, mein Junge, und ich will nicht Hurry Harry heißen, wenn an dieser Stelle nicht die Jäger im Sommer ihr Lager gehabt haben. Aber daß es bereits Mittag ist, braucht mir die Sonne nicht erst zu sagen, mein Magen hier ist eine Uhr, wie sie in der ganzen Kolonie New York nicht zu finden ist, und zeigt stark auf halb eins. Laß uns also eine gründliche Mahlzeit halten."

Es gab kaum ein prächtigeres Bild kraftvoller Männlichkeit als diesen Hurry Harry, den „flinken Heinz", wie er allgemein genannt wurde. Sein richtiger Name war Henry March, seinen Beinamen verdankte March seinem heftigen, ungestümen Wesen und seiner ständigen Unrast. Überall in den zerstreuten Siedlungen zwischen der Provinz und Kanada war er wohlbekannt. Hurry maß sechs Fuß vier Zoll der Länge nach und war prachtvoll gewachsen, seine Körperkraft entsprach durchaus dem Eindruck, den seine riesige Gestalt machte. Aus dem hübschen Gesicht sprach biedere Offenheit, und sein Benehmen war von der frischen Derbheit der Grenzbewohner.

Wildtöter, wie Hurry seinen Gefährten nannte, unterschied sich in Wuchs und Wesensart sehr von diesem. Etwas kleiner von Gestalt, leicht und schlank, ließen seine Muskeln zwar nicht auf ungewöhnliche Körperstärke, aber

auf große Gewandtheit schließen. Auf dem jugendlichen Gesicht lag ein gewinnender Ausdruck von Ehrlichkeit und Lauterkeit, der jedem sogleich Vertrauen einflößen mußte.

Die beiden Grenzer waren noch jung, Hurry mochte sechsundzwanzig Jahre zählen, Wildtöter etwas weniger. Ihrer aus gegerbten Wildhäuten gefertigten Kleidung sah man die Spuren jahrelangen Waldlebens an. Jedoch erkannte man in Wildtöters Anzug das Bemühen, gefällig zu erscheinen, besonders was seine Ausrüstung anging. Seine Büchse war ordentlich gepflegt, der Griff seines Jagdmessers kunstvoll geschnitzt, und bunte Stickerei zierte die Jagdtasche.

„Kommt her, Wildtöter", rief Hurry, „greift zu und zeigt, was Ihr könnt. Ihr seid doch auf Delawarenart groß geworden. Laßt nun den Hirsch Eure starken Zähne fühlen, wie er Euer Schießeisen schon zu spüren bekam!"

„Einen Hirsch zu schießen hat mit Männlichkeit wenig zu tun", erwiderte Wildtöter. „Einen Panther oder eine Wildkatze auf die Decke zu legen, das mag schon eher angehen. Die Delawaren haben mir meinen Namen auch nicht für ein kühnes Herz, sondern für meine guten Augen und meine Behendigkeit gegeben."

„Die Delawaren", spottete Hurry, „sind selber keine Helden, sonst hätten sie sich nicht von den jämmerlichen Mingos unterkriegen lassen."

„Das sind Lügen der Mingos", erwiderte Wildtöter, „ich lebe jetzt schon zehn Jahre lang unter den Delawaren und weiß, daß sie sich, wenn es sein muß, ebenso tapfer schlagen werden wie jedes andere Volk."

„Nun, da wir gerade dabei sind", fuhr Hurry fort, „antwortet mir doch ehrlich auf eine andere Frage: Ihr verdankt Euren Namen Eurem Jagdglück, Wildtöter. Aber habt Ihr schon jemals auf menschliches Wild geschossen, auf einen Feind, der auch auf Euch abgedrückt hätte?"

Auf dem offenen Gesicht Wildtöters spiegelte sich eine leichte Verlegenheit, doch dann antwortete er: „Ehrlich gesagt, nein. Während meines Aufenthaltes bei den Delawaren habe ich keine Gelegenheit dazu gehabt, und es erscheint mir unrecht, einem Menschen das Leben zu nehmen, es sei denn im offenen Kampf."

„Ihr habt also noch nie einen Kerl erwischt, der hinter Euren Fallen und Häuten her war, und ihn kurzerhand selbst bestraft mit Pulver und Blei?"

„Ich bin kein Fallensteller, Hurry", gab der junge Mann stolz zurück, „und lebe nur von meiner Büchse. Die Felle, die ich verkaufe, haben neben den natürlichen Löchern auch alle ein Loch von meiner Kugel."

„Alles schön und gut", warf Hurry ein, „aber heute handelt es sich nicht um Vierfüßler, sondern um die tückischen Rothäute, mit denen wir einen regelrechten Krieg führen. Jeder Skalp von ihnen ist ein Feind weniger. Ich werde Eure Gesellschaft nicht lange in Anspruch nehmen, wenn Ihr nicht größeren Ehrgeiz kennt, als Eure Schießkunst nur am Wild zu erproben."

„Wenn Ihr Euch meiner deshalb schämt, können wir uns heute abend schon trennen. Wir sind, wie Ihr sagt, sowieso bald am Ziel unserer Wanderung. Ich erwarte einen Freund, der es nicht für schändlich hält, mit einem Menschen umzugehen, der noch nicht seinesgleichen umgebracht hat."

„Ich möchte nur wissen, was der Delaware schon so früh im Jahr hier zu suchen hat", brummte Hurry vor sich hin, und an Wildtöter gewandt, fragte er: „Wo soll Euch der junge Häuptling treffen?"

„An einer kleinen Felsgruppe am Ende des Sees. Ich habe bisher weder den See noch den Felsen gesehen. Mingos und Mohikaner behaupten beide, ihnen gehöre das Land, und im Frieden wird es ja wohl auch von beiden Stämmen zum Jagen und Fischen benutzt, aber wie das jetzt im Krieg aussehen wird?"

„Gemeinsames Gebiet!" Hurry lachte. „Da möchte ich nur hören, was der schwimmende Tom Hutter dazu sagen würde. Er sitzt seit fünfzehn Jahren auf dem See und wird ihn gegen beide Stämme verteidigen."

„Muß ein sonderbarer Mann sein, dieser Tom Hutter, nach allem, was Ihr mir von ihm erzählt habt."

„Es wird gemunkelt, daß er in seiner Jugend Seeräuber gewesen sei und sich in die Wälder zurückgezogen habe, um hier in Ruhe seine Beute zu verzehren. Vor zwei Jahren ist seine Frau gestorben, und er hat sie nach Seemannsart im See versenkt. Nun lebt er hier noch mit seinen beiden Töchtern Judith und Hetty. Diesem Kleeblatt gilt mein Besuch."

„Ja, ich weiß. Von der schönen Judith habe ich schon bei den Delawaren erzählen hören. Man sagt ihr nach, daß sie sehr putzsüchtig und eitel sei."

„Nun, sie ist nicht nur anziehend und wird von den Offizieren des Forts umworben, sie ist auch sehr gescheit, und ich würde sie auf der Stelle heiraten. Den alten Vater mag ihre Schwester Hetty pflegen, die ist zwar nicht so schön und besitzt wenig Verstand, ist aber herzensgut."

„Die Indianer betrachten solche Menschen als begnadete Geschöpfe, und keine Rothaut würde ihr ein Leid antun. Aber nun laßt uns aufbrechen, damit wir die sonderbaren Schwestern kennenlernen. Die Sonne geht schon in den Nachmittag hinein."

Die Wanderer nahmen ihre Packtaschen auf, hängten die Waffen um und tauchten wieder in das Dunkel des Waldes. Hurry kannte nun die Richtung, nachdem er den offenen Fleck wiedergefunden hatte, und mit sicheren Schritten ging er durch das dichte Unterholz voran. Nach ungefähr einer Meile stockte er, seine Blicke gingen suchend umher.

„Das muß die Stelle sein, Wildtöter!" meinte er endlich. „Hier steht eine Buche neben einem Schierling, drei Fichten sind dicht dabei und dahinter eine Birke mit abgeknickter Spitze. Ich sehe aber keine heruntergebogenen Zweige, die müßten hier auch sein!"

„Geknickte Zweige sind schlechte Wegzeichen, auch der dümmste Indianer merkt, daß sie nicht von selbst brachen, und das erweckt Verdacht und führt zur Entdeckung."

Wildtöter blickte forschend umher, und seinen scharfen Augen entging ein gekrümmtes Bäumchen nicht, das Menschenhand in den Spalt einer vermoderten Linde gezwängt hatte.

„Seht her, Hurry, das ist das Zeichen, das Ihr sucht!"

„Ich muß zugeben, Wildtöter, Ihr habt ein gutes Auge!"

„Es macht sich, Hurry, es macht sich. Aber es gibt noch bessere. Wenn ich an Tamenund denke — der schon so alt ist, daß keiner eigentlich weiß, wann er mal jung gewesen ist — und Chingachgook —"

„Wer ist eigentlich dieser Chingachgook, mit dem Ihr Euch verabredet habt? Eine umherstreifende Rothaut und sonst nichts?"

„Die beste Rothaut, die ich kenne! Wenn es rechtmäßig zuginge, wäre er heute ein großer Häuptling. So ist er nichts weiter als ein tapferer und geachteter Delaware, denn sein Volk und sein Geschlecht sind versunken. Es würde auch Euch rühren, wenn Ihr an den Winterabenden in ihren Wigwams säßet und die Geschichten vom einstigen Glanz der Mohikaner hören würdet."

„Ich kenne die Prahlereien der Indianer", sagte Hurry, „die Hälfte ihrer Überlieferungen ist für mich pures Geschwätz."

„Gewiß, Hurry", entgegnete Wildtöter, „sie prahlen gern, das ist nun einmal eine ihrer Eigenarten. Aber hier" — Wildtöter zeigte auf einen umgestürzten alten Lindenbaum — „haben wir das Versteck gefunden!"

„Jawohl, das ist der Baum", sagte Hurry erfreut, indem er in die Höhlung des Baumes hineinsah, „und alles ist

noch so hübsch ordentlich beisammen wie in Großmutters Kommode."

Mit Bedacht gingen die beiden Männer ans Werk und legten ein Rindenkanu frei, das Hurry dort geschickt versteckt hatte. Der bärenstarke Hurry nahm das Kanu ohne Mühe auf die Schulter und rief: „Geht voraus, Wildtöter, und haltet die Büsche auseinander!"

Wildtöter bahnte seinem Gefährten einen Weg durch das Gestrüpp, und sie waren noch keine zehn Minuten gegangen, als sie plötzlich in das Licht der Sonne heraustraten, das von einer weiten Wasserfläche zurückstrahlte.

Ein Ausruf der Überraschung entfuhr Wildtöter beim Anblick des großen Gewässers, das er zum ersten Mal sah. Still und durchsichtig, wie ein Kristall, lag vor ihm der See. Er mochte wohl drei Meilen lang sein, die Breite war unregelmäßig, da die Linie des bergigen Ufers durch viele Buchten und Landzungen unterbrochen wurde. Wildtöter konnte sich nicht satt sehen an diesem Stück unberührter Natur.

„Was ist das?" rief er nach einer Weile Hurry zu. „Es ist für eine Insel zu klein und für ein Boot zu groß!"

„Das ist die Wasserburg Tom Hutters, die Biberburg. Dies ist sein festes Haus. Das andere schwimmt irgendwo und ist unter dem Namen Arche bekannt."

Wildtöter half beim Zurichten des Bootes, und in kurzer Zeit schwamm es auf dem Wasser. Mit schnellen Ruderschlägen glitten sie über die spiegelglatte Fläche des Sees, der eigenartigen Biberburg entgegen. „Bei den Kämpfen mit den Indianern hier am See ist der alte Tom Hutter dreimal ausgeräuchert worden, und bei einem Gefecht verlor er seinen einzigen Sohn", erzählte Hurry. „Seit der Zeit hat er sich aufs Wasser zurückgezogen. Da kann ihn keiner angreifen, außer mit Booten. Und das käme die Rothäute teuer zu stehen, denn Hutter ist mit Waffen und Munition gut versorgt."

Der geheimnisvolle Mokassin

Das Kanu war dem Kastell näher gekommen, und Wildtöter sah, daß das aus dicken Fichtenstämmen errichtete Gebäude viel besseren Schutz bot als die üblichen Blockhäuser. Es stand auf dicken Pfählen mitten im Wasser auf einer Sandbank.

„Habe mir's schon gedacht", sagte Hurry, als sie das Boot festmachten und ausstiegen. „Keine Menschenseele zu Hause. Wahrscheinlich ist die Familie auf Biberfang."

Während sich Hurry mit den auf der Plattform ausgelegten Angelgeräten und Fallen beschäftigte, trieb die Neugierde Wildtöter ins Haus. Es war recht behaglich eingerichtet und glänzte vor Sauberkeit. Neben groben Geräten, wie sie in Blockhäusern üblich sind, sah er auch manche feinen Einrichtungsgegenstände, die sich aus einem besseren Haus hierher verirrt haben mußten. Hinter einem großen Gemach, das als Stube und Küche zu dienen schien, lag die Kammer der beiden Mädchen. Nach dem Rundgang durch das Haus trat er wieder ins Freie.

„Hat der See eigentlich einen Namen?" fragte er Hurry. „Es ist doch sicher auch ein Abfluß da?"

„Man nennt den See allgemein den Glimmersee — wegen seines glänzenden Spiegels —, und der Susquehannah, den Ihr unten im Delawarengebiet wohl schon gesehen habt, ist sein Abfluß."

„Gewiß, schon oft habe ich an seinen Ufern gejagt."

Inzwischen hatte Hurry unter den Gerätschaften des alten Tom ein altes Schiffsfernrohr gefunden und suchte damit die Buchten und Landzungen des Sees sorgfältig ab.

„Der alte Knabe treibt sich anscheinend im Süden herum, stöbern wir ihn also in seinem Schlupfwinkel auf!"

Sie bestiegen wieder das Boot und ruderten hart am westlichen Ufer entlang, um sich nicht der Entdeckung durch umherstreifende feindliche Indianer auszusetzen. Dem Südende des Sees nahe gekommen, deutete Hurry auf einen aus dem Wasser ragenden Felsen. „Hier in der Nähe muß der Abfluß sein, in dem sich Hutter mit seiner Arche versteckt haben wird."

Es war derselbe Felsen, an dem sich Wildtöter mit seinem Freunde, dem jungen Häuptling Chingachgook, treffen wollte. Der Abfluß des Sees war kaum zu erkennen; Bäume und Buschwerk, die weit über das Wasser ragten, verdeckten ihn vollständig. Mit der Strömung ließen sie das Boot den Fluß hinuntertreiben. Durch Festhalten an einem Busch brachte Hurry das Boot plötzlich zum Stehen. „Da ist er ja, der alte Knabe, und wie ich vermutet habe, bis an die Knie im Wasser und im Schmutz, um den Bibern nachzustellen. Aber von der Arche sehe ich noch nichts!"

In diesem Augenblick kam, in Reichweite von Wildtöters Ruder, in einer Öffnung des Laubwerks ein auffallend hübsches Mädchengesicht zum Vorschein, und ein freundliches Lächeln begrüßte die beiden. Ohne es zu wissen, hatten sie neben der Arche haltgemacht, die in den Büschen versteckt lag. Judith Hutter brauchte nur die Zweige vor ihrem Fenster etwas wegzuschieben, um die Ankömmlinge willkommen zu heißen.

Hutters schwimmende Festung war eine Art Fähre, auf die ein niedriges Holzhaus aufgesetzt war. Sie enthielt zwei Gemächer; eins für den Vater, das andere für die beiden Mädchen.

Hurry sprang an Bord und begann mit Judith eine angeregte Unterhaltung. Wildtöter sah sich erst einmal das seltsame Bauwerk genauer an und prüfte mit fachmännischem Blick Sicherheit und Festigkeit, nicht ohne auch das Versteck noch einmal zu untersuchen, das selbst sie so genarrt hatte. Bei einem Rundgang durch die beiden Räume traf er schließlich auf Hetty, die am anderen Ende der Fähre bei einer Nadelarbeit saß.

„Ihr seid wohl Hetty Hutter", sprach er das junge Mädchen an. „Hurry Harry hat mir von Euch erzählt."

„Ja, ich bin Hetty", gab das junge Mädchen mit sanfter Stimme zurück, „und wie ist Euer Name?"

„Mein Vater hieß Bumppo, und mit Vornamen nannte man mich Natty. Nicht lange übrigens, denn die Delawaren, unter denen ich aufwuchs, stellten bald fest, daß ich einen Wigwam wohl mit Wildbret zu versorgen verstand, und ich erhielt meinen jetzigen Namen ‚Wildtöter'. Nur Leuten, die mehr Wert auf den Skalp eines Mitmenschen als auf ein Hirschgeweih legen, gefällt er weniger."

„Ich gehöre nicht zu diesen", erwiderte Hetty schlicht, „aber Judith schwärmt für Soldaten im bunten Rock. Mir gefallen sie nicht, denn ihr Beruf zwingt sie, auf ihre Mitmenschen zu schießen. Der Eure gefällt mir besser."

Inzwischen hatte auch Tom Hutter mit seinem Kanu an der Arche angelegt und war keineswegs erstaunt, Besuch vorzufinden.

„Ich habe schon eine Woche nach Euch ausgespäht", begrüßte er Hurry freundlich. „Es kam ein Eilbote durch mit der Warnung an alle Jäger und Fallensteller, daß sich die Kolonie mit dem französischen Kanada wieder in den Haaren liege. Da fühlte ich mich mit den beiden Mädchen einsam genug hier. Ihr seid ja auch nicht allein in diese Wildnis gekommen", setzte er mit einem forschenden und mißtrauischen Blick auf Wildtöter hinzu.

„Warum auch nicht? Selbst ein schlechter Reisegesell hilft immer noch den Weg verkürzen, und dies ist noch dazu ein guter. Es ist Wildtöter, alter Thomas, unter den Delawaren als Jäger berühmt, aber als Christenmensch aufgezogen wie du und ich. Wenn wir in die Lage kommen sollten, uns hier verteidigen zu müssen, wird er uns gut mit Wildbret versorgen können."

„Seid willkommen, junger Mann", brummte Tom und streckte ihm seine starke knochige Hand hin. „In solchen Zeiten ist ein weißes Gesicht ein Freundesgesicht, und ich rechne auf Euren Beistand. Schon sind Wilde am Ufer des Sees, und keiner kann wissen, wie nahe sie uns schon sind."

„Wenn das wahr ist, Tom Hutter, dann steckt Eure Arche in der schlechtesten Lage. Uns hat das Schutzdach ja getäuscht, aber ob sich ein Indianer, der auf Skalpe aus ist, an der Nase herumführen läßt, ist noch die Frage."

„Ich denke wie Ihr, Hurry, und wünschte, wir lägen in diesem Augenblick woanders als in diesem engen Loch, in dem wir verloren sind, wenn sie uns hier finden. Die Schwierigkeit ist nur, aus dem Fluß herauszukommen, ohne von den Wilden gesehen zu werden."

„Seid Ihr sicher, daß die Rothäute, die Ihr hier vermutet, auch wirklich von Kanada herübergekommen sind? Könnt Ihr welche beschreiben?" fragte Wildtöter.

„Gesehen habe ich zwar noch keine, aber als ich nach meiner Biberfalle schaute, fand ich eine halbe Stunde von

hier eine frische Indianerfährte und überdies einen abgetragenen Mokassin, den sein Besitzer fortgeworfen hatte."

„Das sieht allerdings nicht nach einer Rothaut auf dem Kriegspfad aus", meinte Wildtöter und schüttelte den Kopf. „Ein erfahrener Krieger hätte dergleichen verbrannt oder eingegraben. Wenn ich den Mokassin sehen könnte, würde ich vielleicht Genaueres sagen können. Ich erwarte hier einen jungen Häuptling, vielleicht war es seine Spur."

„Hurry Harry, Ihr seid hoffentlich gut bekannt mit dem Mann hier, der sich in einer fremden Gegend mit einer Rothaut verabredet?" fragte Hutter in einer Art und Weise, die über den Beweggrund zu seiner Frage keinen

Zweifel ließ. „Möchte schon wissen, was er in dieser abgelegenen Gegend zu bestellen hat."

„Ihr habt ein Recht zu fragen", erwiderte Wildtöter mit ruhiger Stimme. „Als die Delawaren vom Eindringen der Mingos hörten, baten sie mich, in die Siedlungen der Weißen zu gehen, um auszukundschaften, wie es um ihre Sache steht. Das habe ich getan. Und nachdem ich den Häuptlingen berichtet hatte, hielt Chingachgook, ein junger Häuptling, die Zeit für gekommen, mit ihm zum ersten Mal auf den Kriegspfad zu ziehen. Auch er hat bisher noch mit keinem Feind zu tun gehabt. Ein alter Delaware schlug uns als Treffpunkt den Felsen am Ende des Sees vor. Ich will nicht verheimlichen, daß Chingachgook noch etwas anderes vorhat, doch davon kann ich noch nicht sprechen, das sind seine Angelegenheiten."

„Und Ihr meint, die Spur, die ich gesehen habe, sei vielleicht die Eures Freundes gewesen, der sich verfrüht hat?" fragte Hutter.

„Wenn ich den Mokassin zur Hand hätte, wollte ich es in einer Minute heraushaben."

„Hier ist er schon!" sagte Judith. „Nun sagt uns, ob Freund oder Feind!"

„Das ist keine Delawaren-Arbeit", erklärte Wildtöter, „ich möchte fast behaupten, daß er aus dem Norden stammt."

„Dann sollten wir nicht einen Augenblick länger hier bleiben, denn schon in einer Stunde ist es Nacht", erklärte Hutter.

Hutter hielt Kriegsrat mit seinen Gästen, und sie beschlossen, die Arche so schnell wie möglich in den See zurückzubringen. Die Bastseile wurden gelöst, und als die Männer mit vereinter Kraft an dem Tau zogen, das an einem im See ausgeworfenen Anker befestigt war, bewegte sich das schwere Fahrzeug langsam flußaufwärts. Hutter hatte diese Art, seine Arche zu bewegen, gewählt, um ohne jedes Geräusch der Ruder aus dem engen Fluß herauszukommen.

Aber nach einiger Zeit wurden sie durch die Strömung an das westliche Ufer getrieben, wo die Kajüte mit solchem Krachen gegen die herunterhängenden Bäume und Büsche stieß, daß sie sich besorgt ansahen. Auch trug die Dunkelheit dazu bei, das Unbehagen zu verstärken. Die Sonne war noch nicht ganz untergegangen, und das Abendlicht lag nur noch auf den Höhen; die Schatten der dichten Wälder, in die schon am Tage nur wenig Licht fiel, verdüsterten sich immer mehr. Endlich erreichten sie die obere Windung des Susquehannah, wo man schon einen Teil des Sees erblicken konnte.

„Gott sei Dank!" sagte Hurry erleichtert. „Hier werden wir unsere Feinde doch wenigstens sehen können."

„Hoffentlich ist es so", meinte Hutter. „Es läßt sich ein ganzes Rudel Krieger nirgends so gut verstecken, wie gerade am Ufer bei der Mündung. Judith und Hetty, laßt das Steuerruder und geht in die Kajüte. Und wir, Hurry, treten in den Raum und ziehen durch die Tür am Seil, um vor Überraschungen geschützt zu sein. Ihr, Freund Wildtöter, geht von Fenster zu Fenster und beobachtet das Ufer!"

Wildtöter spürte keine Furcht, aber das Bewußtsein ihrer heiklen Lage ließ sein Blut schneller kreisen. Zum erstenmal in seinem Leben stand er einem so verschlagenen Gegner wie den Indianern gegenüber. Als er durch ein Fenster das Ufer genau absuchte, fuhr die Arche gerade durch die engste Stelle des Flusses. Von hüben und drüben neigten sich die Bäume zueinander und verschlangen sich zu einem grünen Dach, unter dem die Strömung rauschte.

Da bot sich ihm ein Anblick, der eine so junge und unerfahrene Schildwache wohl bestürzen konnte: auf einem Baum, der wie ein Bogen das Wasser überspannte, standen nicht weniger als sechs Indianer, und andere warteten darauf, nachrücken zu können. Sie waren offenbar darauf aus, vom Stamm auf das Dach der Arche herunterzuspringen, wenn diese unter ihnen durchfuhr. Wildtöter war mit den Gewohnheiten der Indianer vertraut genug, um sofort zu erkennen, daß sie Kriegsbemalung angelegt hatten und dem feindlichen Stamm der Irokesen angehörten.

„Zieht, Hurry!" schrie er. „Zieht um Euer und Judith Hutters Leben, wenn ihr sie lieb habt! Zieht, Mann, zieht!"

Dieser Schrei galt einem Mann, der Riesenkräfte hatte. Er klang so verzweifelt und beschwörend, daß Hutter und Hurry mit äußerster Kraft am Seil zogen und die Fähre mit doppelter Geschwindigkeit unter dem Baum dahinglitt.

Die Indianer sahen sich entdeckt, schauerlich erscholl ihr Kriegsgeheul, sie liefen auf dem Stamm nach vorn und sprangen herab. Aber alle außer dem Anführer fielen in den Fluß, nur der Häuptling, der zuerst gesprungen war, erreichte noch das Bootsdeck. Wie betäubt blieb er einen Augenblick mit angezogenen Gliedern liegen. Dies ausnutzend, rannte Judith aus der Kajüte hervor und stieß ihn kopfüber ins Wasser. Sogleich sprang auch Wildtöter hinzu und brachte das kühne Mädchen in die Kajüte zurück in Sicherheit; nicht einen Augenblick zu früh, denn schon schallte wildes Geschrei der Angreifer aus dem Wald und klatschte das Blei aus ihren Büchsen gegen die Wände.

Die Arche war indessen in schneller Fahrt geblieben, und die wütenden Wilden stellten ihr nutzloses Feuer ein. Hutter holte den Anker herauf, den sie inzwischen erreicht hatten, und ohne das Boot anzuhalten, glitten sie in das offene Wasser und entfernten sich immer mehr von dem gefährlichen Ufer.

Im Vorderteil des Schiffes wurde nun wiederum Kriegsrat gehalten. „Unser Vorteil ist", erklärte Hutter, „daß wir auf dem Wasser schwimmen, und es gibt kein Kanu auf

dem See, von dem ich nicht wüßte, wo es ist. Eures ist bei uns, zwei sind in hohlen Bäumen versteckt."

„Es läuft kein Hund so sicher auf einer Fährte wie eine Rothaut, wenn sie spürt, daß etwas für sie abfällt", warf Wildtöter ein, und Hurry unterstützte ihn: „Ich schätze, daß sie die anderen Kanus bald an sich gebracht haben werden, wenn sie ernstlich vorhaben, Euch auszuräuchern, alter Tom."

Hutter antwortete nicht gleich. Er sah zum Himmel auf, betrachtete den Wald und den See, als warte er auf ein Zeichen. „Judith", sagte er endlich, „die Nacht ist da, bereite mit Hetty unseren Gästen etwas zu essen, sie werden hungrig sein."

Als die beiden Mädchen in die Kajüte gegangen waren, verhehlte Tom Hutter nicht, was er über seine augenblickliche Lage dachte, aus seinen Worten sprach die ernste Sorge um das Schicksal seiner beiden Töchter. Nachdem ihm jedoch Wildtöter und Hurry versichert hatten, daß sie ihm in seiner Bedrängnis beistehen würden, war er sichtlich erleichtert, und schon begann er darauf zu sinnen, wie man den roten Eindringlingen an die Gurgel gehen könnte.

Als er erzählte, daß die Regierung einen hohen Preis auf die Skalpe getöteter Indianer ausgesetzt habe, war ihnen klar, worauf er hinauswollte. Hurry war schnell bereit, mitzumachen. Nicht so Wildtöter, der mit seiner Meinung über das Unmenschliche und eines Weißen Unwürdige solcher Grausamkeiten nicht zurückhielt.

„Werde Euch beistehen, alter Mann, wo immer es sein muß, aber um dergleichen Handwerk auszuüben und dafür Geld einzustreichen, müßt Ihr schon alleine ausrücken", sagte er zu Tom Hutter. „Ich werde dann bei den Mädchen Wache halten."

Die Beratungen dauerten noch eine Weile fort, bis Judith mit dem einfachen, aber kräftigen Mahl erschien.

Inzwischen war die Nacht vollends hereingebrochen, die Wälder ringsum schwiegen. Der einzige Laut, den man vernahm, war das stetige Klatschen der Ruder, und mit gelassenen Schlägen trieben Hurry und Wildtöter die Arche der Wasserburg zu. Nicht lange danach erhob sich ein leichter Südwind, und Hutter setzte Segel. Sie konnten aufhören zu rudern, und nach etwa zwei Stunden sahen sie die Wasserburg in der Finsternis aufragen. Langsam trieb die Arche auf das Bauwerk zu, wo sie festgemacht wurde.

Ein waghalsiges Unternehmen

Die beiden Mädchen hatten sich zur Ruhe begeben, als Hutter mit seinen beiden Gefährten wieder auf die Arche ging. Hier eröffnete er ihnen seinen Plan. Von dem, was er mit Hurry noch allein zu unternehmen gedachte, sagte er allerdings noch kein Sterbenswörtchen.

„Worauf es in unserer Lage allein ankommt", begann er, „ist, daß wir das Wasser beherrschen. Solange kein anderes Fahrzeug auf dem See ist, gilt auch ein Kanu so viel wie ein Kreuzer. Fünf Kanus gibt es auf dem See, vier davon gehören mir, das fünfte Hurry. Drei davon sind bei uns: das eine liegt im Kanu-Dock unter dem Haus, zwei hängen an der Fähre. Die beiden anderen sind an Land in hohlen Stämmen versteckt, und die Wilden, erbost über die erlittene Abfuhr, werden alles daransetzen, um sie zu finden."

„Richtig, Hutter", warf Wildtöter ein, „es ist klüger, die Wilden nicht zu unterschätzen, als große Hoffnungen auf ihre Einfalt zu setzen. Wenn wir also die beiden Kanus in die Burg schaffen wollen, sollten wir keinen Augenblick verlieren."

„Macht Ihr mit?" fragte Hutter, der von dem Vorschlag überrascht und befriedigt war.

„Selbstverständlich! Ich mache alles mit, was sich mit meiner weißen Farbe verträgt und was ich ihr schuldig bin. Ich gehe mit euch auch ins Lager der Mingos, und ihr werdet sehen, daß ich meine Pflicht tue, wenn es sein muß. Habe freilich noch nie im Feuer gestanden und will nicht mehr versprechen, als ich halten kann."

„Auf jeden Fall wißt Ihr mit dem Ruder umzugehen, junger Mann", sagte Hutter, „und das ist alles, was wir von Euch in dieser Nacht verlangen. Laßt uns also in die Boote gehen und handeln!"

Ein Boot war schnell klargemacht, Hurry und Wildtöter griffen zu den Rudern, und Hutter, der allein die Verstecke der Kanus wußte, gab die Richtung an. In einer knappen halben Stunde hatten sie ohne Anstrengung einen vorspringenden Punkt erreicht, gut eine Meile von der Arche entfernt.

Das Ufer wurde genau abgesucht, aber es war nichts Ungewöhnliches auszumachen. Hurry und der alte Tom sprangen an Land und ließen Wildtöter zur Bewachung des Bootes zurück. Der hohle Stamm lag ein Stück aufwärts am Hang, und Hutter schlug den Weg dorthin ein, mit äußerster Vorsicht und alle paar Schritte stehenbleibend, um zu horchen. Aber nichts war zu hören.

„Hier ist es", flüsterte Hutter und setzte den Fuß auf den Stamm einer umgestürzten Linde, „zieht das Boot vorsichtig heraus!"

Nachdem Hurry das Boot behutsam aus der hohlen Linde gezogen hatte, nahm er es auf die Schulter, und die beiden traten den Rückweg zum Ufer an. Endlich lag das leichte Fahrzeug neben dem Boot, und Hutter steuerte der Mitte des Sees zu. Hier ließ er das Kanu mit dem leichten Wind auf das Kastell zu treiben; auf der Heimfahrt wollte er es mitnehmen.

Ohne Schwierigkeit wurde so auch das zweite versteckte Kanu geborgen und aufs Wasser gebracht. Im Besitz aller Boote des Sees, war die Zuversicht der drei Männer erheblich gestiegen. „Es war doch eine gute Idee, ins Wasser zu bauen. Jetzt können wir ihnen Trotz bieten", meinte Hurry, als sie ihr Vorhaben glücklich beendet hatten und am Ufer zusammenstanden.

„Laßt uns ein Stück an der Südküste entlangrudern", sagte Hutter, „und nachschauen, ob wirklich nichts von einem Lager zu sehen ist. Aber zuerst wollen wir mal etwas tiefer hier in die Bucht eindringen, um diesen Winkel beobachten zu können."

Sie gingen alle drei in der angegebenen Richtung vor. Kaum waren sie so weit gekommen, daß sie die Bucht richtig übersehen konnten, blieben sie wie angewurzelt stehen. Vor ihnen lag ein verlöschendes Lagerfeuer! Die Wahl des nur von einer Seite einzusehenden Platzes verriet ungewöhnlichen Bedacht, und Hutter, der die Stelle als einen der besten Fischplätze des ganzen Sees kannte, schloß daraus, daß sie das Lager der Weiber und Kinder des feindlichen Indianertrupps, mit dem sie schon auf der Arche in so unangenehme Berührung gekommen waren, vor sich hatten.

„Das ist kein Kriegerlager", knurrte er, „da schläft Beute genug um das Feuer herum, wir werden uns eine schöne Summe Kopfgeld teilen können. Schickt den Jungen zu den Booten, Hurry, er ist zu so etwas nicht zu gebrauchen."

„Ganz nach meinem Geschmack, alter Tom", erwiderte Hurry und wandte sich an Wildtöter: „Setzt Euch ins Boot und rudert auf den See hinaus, nehmt das Kanu mit und laßt es draußen treiben. Dann könnt Ihr die Küste entlangfahren, möglichst nahe der Bucht. Wenn wir Euch brauchen, werden wir rufen. Ich schreie wie ein Tauchvogel, wenn es etwas Besonderes gibt. Wenn Ihr Schießen hört und Lust habt, mitzufechten, könnt Ihr ja kommen und sehen, ob Ihr auf Rothäute auch so sicher zu halten wißt wie auf Hirsche."

„Mein Rat ist der, daß ihr die Sache besser unterlaßt", warnte Wildtöter.

„Aber es geht hier nicht nach Euren Wünschen — und damit Schluß! Fahrt los, und bis Ihr zurückkommt, wird sich im Lager drüben schon einiges rühren!"

Widerwillig und schweren Herzens fügte sich Wildtöter, er kannte die Vorurteile der Grenzer zu gut, um nicht das Zwecklose weiteren Redens einzusehen. So ruderte er denn mit aller Vorsicht auf die Mitte der stillen Wasserfläche zu und ließ das mitgeschleppte Boot vor dem leichten Südwind gegen das Kastell treiben, wie sie es mit dem anderen Boot auch gemacht hatten. Dann kehrte Wildtöter an jene Stelle zurück, die ihm Hurry bezeichnet hatte, wo er in großer Spannung den Ausgang des wagehalsigen Unternehmens abwartete.

Es mochten etwa zwei Stunden dahingegangen sein, als Wildtöter auffuhr. Die Stille der Nacht wurde durch einen gräßlichen Schrei zerrissen, von einem Weib oder einem Kind ausgestoßen. Dann hörte er deutlich das Krachen von Zweigen und Fußtritte, Laufen und Stampfen; es war, als suchten Flüchtige eine Stelle zum Abstieg an den See. Wildtöter ruderte, so schnell er konnte, dem näherkommenden Lärm zu. Jetzt fielen einige Schüsse, aus den Büschen drang Geschrei.

„Glitschiger Teufel!" hörte er Hurry in enttäuschter Wut brüllen. „Schmiert sich das Fell ein, daß ich ihn nicht packen kann! Nimm das für deine Kniffe!" Diesen Worten folgte das Fallen eines schweren Körpers den Hang herab, als hätte Hurry den Gegner mit aller Wucht von sich geschleudert. Flucht und Verfolgung begannen von neuem.

Gleich darauf sah er Hurry, von Feinden buchstäblich umklammert, den Hang herunterrollen.

„Bemaltes Gesindel", schrie Hurry, „laßt ab von mir! Ihr habt mich ja in eurer Gewalt, wollt ihr mich denn noch ganz erwürgen?"

Da wußte Wildtöter, daß seine Gefährten gefangen waren und er ihr Schicksal teilen würde, wenn er jetzt zu landen versuchte. Schon hörte er auch Hutter ihm zurufen: „Seid auf der Hut, Wildtöter, haltet Euch vom Lande fern und beschützt meine Kinder! Soldaten der Garnison werden Euch sicher bald zu Hilfe kommen!"

Weiteren Warnungen, die Hutter und Hurry Wildtöter noch zurufen wollten, machten die Indianer schnell ein Ende, und mit Triumphgeheul entfernten sie sich mit ihren Gefangenen im Dickicht.

Wildtöter horchte noch einen Augenblick, dann ruderte er in trüben Gedanken auf den See hinaus und stieß bald auf das zuletzt ausgesetzte Kanu, das er an sein Boot band. Er legte sich im Boot nieder, um noch einige Stunden zu schlafen und Kräfte für den kommenden Tag zu sammeln. Die Boote trieben langsam nach Norden, über seinem Haupte glänzten die ewigen Sterne schön und mild, und zwischen den schwarzen Wäldern lag friedlich und dunkel der See.

Es dämmerte schon, als Wildtöter die Augen aufmachte. Er fuhr sofort von seinem harten Lager in die Höhe, um festzustellen, wo er sich befand. Der Wind hatte in der Nacht etwas zugenommen, und so waren die leichten Kanus doppelt so weit getrieben, als er gerechnet hatte. Sie waren dem Fuß des Gebirges, das steil von der östlichen Küste aufstieg, bereits so nahe gekommen, daß er deutlich Vogelstimmen hören konnte. Noch schlimmer war, daß das dritte Kanu dieselbe Richtung eingeschlagen hatte und auf die Landspitze zutrieb, auf die es im nächsten Augenblick auflaufen mußte. Wildtöter tat ein paar schnelle Ruderschläge, aber es war schon zu spät, er konnte es nicht mehr einholen, bevor es strandete.

Aller Wahrscheinlichkeit nach hatten die Indianer eine Menge Späher ausgeschickt, um die Ufer des Sees abzusuchen. So ruderte er vorsichtig der Landspitze zu, wo das Boot hängengeblieben war. Auf alle Überraschungen gefaßt, erhob er sich im Boot, gab ihm mit drei, vier Schlägen einen mächtigen Stoß nach vorn und nahm die Büchse hoch. Plötzlich krachte ein Schuß, und eine Kugel fuhr zischend an ihm vorbei. Wildtöter warf sich der Länge nach auf den Boden des Kanus nieder. Ein gellender Schrei folgte, ein Indianer kam aus den Büschen hervor und sprang über die Lichtung der Landzunge auf das gestrandete Boot zu.

Darauf hatte Wildtöter nur gewartet, als er sich wie getroffen hinwarf. Er richtete nun sein Gewehr auf den ungedeckten Gegner. Aber er zauderte, abzudrücken, der andere schien ihm zu sehr im Nachteil, und der Indianer lief ebenso schnell wieder ins Gebüsch zurück, wie er daraus hervorgekommen war. Nun sprang auch Wildtöter an Land und in Deckung, von wo er beobachten konnte, daß der Indianer mit dem Laden seines Gewehres beschäftigt war. In ehrlichem Kampfe wollte er ihm nun gegenübertreten.

Als der Indianer neu geladen hatte, sah er sich um und trat vor, ohne die wirkliche Stellung Wildtöters zu kennen und nach der falschen Seite sichernd. Wildtöter rief ihn an: „Hierher, Rothaut, hierher, wenn du mich suchst! Es liegt nun bei dir, ob Krieg oder Frieden zwischen uns sein soll. Ich bin ein weißer Mann und halte es nicht für eine Heldentat, einen Menschen aus dem Hinterhalt umzubringen."

Der Wilde war nicht übel erschrocken, als er sich der Gefahr bewußt wurde, in die er hineingetappt war. Er ließ sich seine Bestürzung aber nicht anmerken, sondern stellte den Kolben seines Gewehres zur Erde und machte eine höfliche Gebärde. Doch seine Augen flammten und funkelten wie bei einem Raubtier, das sich plötzlich gehindert sieht, den todbringenden Sprung auf sein Opfer auszuführen.

„Zwei Kanu", sagte er in den tiefen, gurgelnden Tönen seiner Rasse und hielt zwei Finger in die Höhe, um nur ja verstanden zu werden, „zwei Kanus — eins für dich und eins für mich."

„Nein, Mingo, so handeln wir nicht!" erwiderte Wildtöter. „Dir gehört überhaupt keins, und solange ich es verhindern kann, sollst du auch keins bekommen. Ich weiß wohl, daß Krieg zwischen deinem und meinem Volk ist, das ist aber kein Grund, einander umzubringen wie wilde Tiere, die im Wald aneinandergeraten. Geh also deinen Weg, und laß mich den meinen gehen. Wenn wir uns im offenen Kampf gegenüberstehen sollten, wird der Himmel unser Schicksal entscheiden."

„Gut!" rief der Indianer. „Mein Bruder Missionar — große Reden!"

„Stimmt nicht, alter Krieger, ich bin vorläufig nur ein Jäger. Es mag sein, daß ich bald auch gegen deine Leute kämpfen muß, aber nicht um ein elendes Kanu."

„Gut! Mein Bruder ist sehr jung, aber sehr weise. Kleiner Krieger, großer Redner!"

Damit näherte sich der Indianer zutraulich und bot lächelnd seine Rechte. Sie schüttelten sich kräftig die Hände, jeder eifrig bemüht, den anderen von seiner Friedfertigkeit und Aufrichtigkeit zu überzeugen.

„Jeder das Seine haben", sagte er, „ich mein Kanu, du dein Kanu."

„Das wäre recht und billig, Mingo, aber diesmal bist du im Irrtum. Doch Sehen ist Glauben, laß uns ans Ufer gehen, damit du dich mit eigenen Augen überzeugen kannst."

Bei den Booten angekommen, deutete der Wilde sofort auf das größte und sagte: „Weißen Mannes Arbeit — nicht mein Kanu! Aber das andere roten Mannes Kanu!"

„Du irrst, Rothaut! Das Kanu gehört dem alten Hutter nach jedem Gesetz. Sieh doch die Arbeit an — das hat kein Indianer gemacht."

„Gut! Mein Bruder wenig alt — aber viel Weisheit. Indianer das Kanu nicht gemacht."

„Es freut mich, Mingo, daß du so denkst. Es hätte sonst doch noch Händel gegeben. Ich will gleich das Boot beseitigen, um weiteren Streit zu vermeiden." Mit diesen Worten setzte Wildtöter den Fuß an das Ende des leichten Bootes und gab ihm einen kräftigen Stoß, daß es weit in den See hinausschoß.

Der Wilde stutzte bei diesen entschiedenen Verfahren, und Wildtöter entging der Blick nicht, mit dem er gierig das andere Boot betrachtete, in dem alle Ruder lagen. Aber dann sagte er in scheinbarer Zufriedenheit: „Gut, gut! Junger Kopf — alter Verstand. Weiß, wie Streit zu schlichten. Lebe wohl, Bruder. Weißer Mann zur Wasserburg, Indianer ins Lager, Häuptling sagen, daß kein Kanu zu finden."

Über diesen schnellen Abschied war Wildtöter um so mehr erfreut, als er die Mädchen im Kastell nicht länger ohne Schutz lassen wollte, und so nahm er die dargebotene Hand des Indianers freundlich an. Der rote Mann schritt ruhig dem Walde zu, ohne sich auch nur ein einziges Mal mißtrauisch umzusehen. Wildtöter wandte sich dem Boot zu, die Büchse lässig in der Hand, ließ aber den Indianer nicht aus den Augen.

Doch schien sein Mißtrauen völlig ungerechtfertigt zu sein, und beschämt sah er endlich weg und stieß den Nachen vom Ufer ab. Als er sich dann zufällig noch einmal dem Lande zukehrte, sah er, in welcher Gefahr er schwebte. Durch eine Öffnung in den Büschen starrten funkelnd die Augen des Wilden, und der Lauf seines Gewehrs war auf ihn gerichtet.

Jetzt kam Wildtöter seine lange Übung als Jäger zugute: gewohnt, auf das Wild im Sprunge zu schießen, hatte er im Nu die Büchse hochgerissen, und ohne erst lange zu zielen, feuerte er dorthin, wo das schreckliche Gesicht den Gegner vermuten ließ. Beide Schüsse fielen zu gleicher Zeit, ihr Schall vermischte sich, und von den Bergen rollte ein einziges Echo zurück.

Wildtöter stand aufrecht, den Erfolg abwartend, während der andere mit gellendem Schrei, den Tomahawk schwingend, über die Lichtung auf ihn zueilte. Als der Mingo nur noch etwa zwanzig Schritt von Wildtöter entfernt war, schleuderte er seine gefährliche Waffe, aber mit so unsicherer und schwacher Hand, daß der gewandte Jäger sie auffangen konnte. In diesem Augenblick taumelte der Indianer und brach entkräftet zusammen.

Um den Bruchteil einer Sekunde war Wildtöter schneller gewesen, doch hatte ihn die Kugel des Indianers noch an der Seite gestreift.

Er warf den Tomahawk ins Kanu, stieg an Land und schritt auf seinen Gegner zu. Auf seine Büchse gelehnt, sah er betrübt auf ihn hernieder. Es war das erste Mal, daß er einen Mann im Kampf hatte fallen sehen. Der Indianer lebte noch und lag auf dem Rücken, seine Augen beobachteten jede Bewegung Wildtöters. Er wartete auf den Gnadenstoß oder gar darauf, den Skalp lebendigen Leibes verlieren zu müssen. Wildtöter erriet seine Gedanken.

„Keine Angst, Rothaut, du hast nichts mehr von mir zu befürchten. Ich bin ein Bleichgesicht, das Skalpieren ist nicht meine Sache. Ich will nur deine Büchse holen, dann komme ich wieder, dir beizustehen. Lange freilich kann ich hier nicht bleiben, denn drei Schüsse — das wird mir wohl schon bald einige von deinen Leuten an den Hals bringen."

Wildtöter hob die Büchse des Wilden auf und legte sie und seine eigene ins Boot, dann kam er zu dem Sterbenden zurück. „Sei getrost, Rothaut", sagte er, „unsere Feindschaft ist ausgelöscht, und ich will an dir nach weißen Mannes Art anständig handeln."

„Wasser!" stieß der Unglückliche hervor.

Wildtöter nahm ihn auf seine Arme und trug ihn an den See hinunter, wo er ihn in bequemer Lage trinken ließ. Dann setzte er sich auf einen Stein und nahm den Kopf des Wilden in den Schoß, um ihm Trost zuzusprechen. Der Sterbende fragte Wildtöter nach seinem Namen.

„Wildtöter? Guter Name für Knaben, nicht für Krieger. Keine Furcht, Auge sicher, Finger schnell — du Falkenauge, nicht Wildtöter!"

Wildtöter nahm die Hand des Sterbenden, dessen letzte Blicke mit Bewunderung an seinem Gegner hingen. Sein Atem entfloh, Wildtöter drückte ihm die Augen zu. Er lehnte den toten Indianer aufrecht mit dem Rücken gegen einen Felsen, wie es indianische Sitte war, dann stieg er ins Boot und entfernte sich vom Ufer. Er ließ das Kanu treiben und überdachte seine Lage.

Das zuerst ausgesetzte Kanu trieb unter dem Winde dahin, vielleicht eine Viertelmeile entfernt von ihm und näher am Ufer, als ihm lieb sein konnte, denn er mußte annehmen, daß noch mehr Indianer in der Nähe waren. Das andere, das er von der Landspitze weggestoßen hatte, sah er nur wenige Ruderschläge vor sich, er hielt darauf zu und nahm es ins Schlepptau, um nun das andere einzuholen.

Es kam ihm sonderbar vor, daß das Kanu dem Lande schon viel näher war, als der schwache Wind erwarten ließ. Er bemühte sich, es einzuholen, und bemerkte bei genauerem Hinsehen einen nackten Arm, der über den Rand des Kanus ins Wasser hing und sich regelmäßig bewegte. Ein Indianer lag in dem Fahrzeug und trieb es, sich seiner Hand als Ruder bedienend, auf das Ufer zu.

Wildtöters energischer Aufforderung, aus dem Boot zu springen, wenn er nicht mit seiner Büchse Bekanntschaft machen wolle, kam der Indianer sofort nach und verschwand. Mit zwei Booten im Schlepptau ruderte Wildtöter dann auf das Kastell zu.

Die Große Schlange wird erwartet

Judith und Hetty standen auf dem Landeplatz der Wasserburg und warteten voller Angst. Von Zeit zu Zeit hob die ältere Schwester das Schiffsfernrohr an die Augen und sah den herankommenden Kanus entgegen. Endlich legte Wildtöter an der Burg an und band die drei Fahrzeuge sorgfältig fest, dann stieg er hinauf, um den beiden Mädchen, die nun allein seinem Schutz unterstanden, zu berichten.

„Euer Vater hat Pech gehabt", erzählte Wildtöter in seiner geraden und ruhigen Art, „er und Hurry sind in den Händen der Mingos, und der Himmel mag wissen, wie es ausgehen wird. Immerhin habe ich alle Kanus zusammen, und die Halunken müssen schwimmen oder Flöße bauen, wenn sie an uns heranwollen. Gegen Sonnenuntergang wird mein Freund Chingachgook zu uns stoßen, und dann, denke ich, halten wir die Burg, bis von der nächsten Garnison Hilfe kommt."

Die Mädchen hörten ohne sonderliche Bestürzung zu, sie waren in den Grenzwäldern aufgewachsen und mit ihren Gefahren vertraut. Während dieser Unterhaltung wandte sich Wildtöter nach einer Truhe um, die ihm bei seinem ersten Rundgang durch das Haus schon aufgefallen war. Sie sah schon arg mitgenommen aus, war an den Ecken mit Stahlplatten beschlagen und hatte drei kunstvoll gearbeitete Schlösser.

„Habt Ihr den Kasten jemals offen gesehen, Judith?" fragte Wildtöter.

„Niemals. Vater hat ihn nie in meiner Gegenwart geöffnet."

„Aber in meiner!" warf Hetty ein. „Vater machte den Kasten öfter auf, wenn du nicht da warst. Doch das ist Vaters Geheimnis, und deshalb will ich auch nicht darüber sprechen."

Judith war überrascht und bekümmert, faßte sich aber schnell und fragte Wildtöter weiter nach den Geschehnissen der letzten Nacht aus. Mit Zurückhaltung erzählte Wildtöter auch von seinem ersten so tapfer bestandenen Kampf mit dem Wilden und brachte das Gespräch auf Chingachgook, von dessen Eintreffen er sich große Hilfe versprach.

„Wer ist dieser Chingachgook, und was will er hier?" fragte Judith.

„Chingachgook ist vom Stamme der Mohikaner, er lebt aber bei den Delawaren, wie die meisten seines Stammes. Sein Vater Unkas war einer der berühmtesten Häuptlinge seines Volkes."

„Es ist gut, wenn wir noch einen Mann zum Bundesgenossen haben, ich hoffe auch, daß uns die Wilden ihre Gefangenen zum Tausch anbieten, wenn sie merken, daß wir uns auf dem See halten können. Vielleicht nehmen sie Felle oder das Fäßchen Pulver, das wir im Hause haben", meinte Judith.

„Chingachgook und ich müssen sehen, daß wir euren Vater bald befreien", sagte Wildtöter, „und warum soll ich euch nicht erzählen, was wir vorhaben. Chingachgook — der Name bedeutet ‚Große Schlange' — hat eine Braut mit Namen Wah-ta-Wah, um die sich auch ein gewisser Briarthon vergeblich beworben hat. Vor zwei Monaten, als das Mädchen mit seinen Eltern zum Salmfang an den westlichen Strömen unterwegs war, verschwand es plötzlich spurlos. Vor einigen Tagen kam ein Bote mit der Nachricht, daß Wah-ta-Wah sich in der Gewalt der Feinde befinde. Sie solle dort einem Mingo verheiratet werden, wobei der abgewiesene Nebenbuhler wahrscheinlich die Hand im Spiele habe. Es hieß in jener Botschaft, der feindliche Stamm wolle hier in der Gegend einige Wochen jagen und Vorräte sammeln, um dann wieder nach Kanada zurückzukehren. Wir wollen also versuchen, das Mädchen zu befreien."

Nach diesem Gespräch ging Wildtöter daran, die Burg auf ihren Verteidigungsstand zu überprüfen. Ungeduldig sah er nach dem Stand der Sonne und wünschte die Ankunft seines indianischen Freundes herbei.

Hetty ging auf die Arche hinüber und band zwei von den Kanus zusammen, die sie durch die Einfahrt zwischen den Palisaden ruderte und unter dem Haus an Ketten festmachte. Hier waren die Boote der Sicht entzogen. Wildtöter versperrte indessen alle Fenster und Türen und stieg durch eine Falltür in ein von Judith gerudertes Boot. Nachdem sie auch Hetty aufgenommen hatten, fuhren sie zum Durchlaß hinaus, verriegelten ihn und ruderten zur Arche hinüber.

„Nichts rührt sich", sagte Wildtöter zu Judith, als sich die Arche in Bewegung setzte, „aber natürlich werden sie ein Floß im Wald bauen und erst nachher aufs Wasser bringen. Wir werden ihnen ein Schnippchen schlagen. Ich werde die Fähre auf alle möglichen Kurse legen, einmal hierhin und einmal dorthin fahren, bis sie müde Beine und es satt haben, am Ufer hinter uns herzulaufen."

Eine leichte Brise kam von Norden her, Wildtöter hißte die Segel und hielt mit dem schweren Fahrzeug einen Kurs, der sie ein paar Meilen unterhalb am Ostufer an Land bringen mußte.

„Müssen wir genau bei Sonnenuntergang den Felsen erreichen, oder macht es nichts aus, wenn wir ein paar Minuten früher oder später hinkommen?" fragte Judith.

„Das ist ja der Haken, Judith! Der Felsen ist wie eine Zielscheibe, und es geht nicht an, dort zu lange zu warten. Ihr seht aber, daß ich gar nicht auf den Felsen zuhalte, sondern auf das östliche Ufer, wohin jetzt auch die Wilden eilen werden."

So verging die Zeit bis zum Sonnenuntergang. Die Arche befand sich gerade auf der Höhe jener Landspitze, auf der Hutter und Hurry in Gefangenschaft geraten waren. Wildtöter kreuzte hier hin und her, um seine Absichten zu verhehlen. Er wollte die Wilden glauben machen, daß er an jener Landzunge mit ihnen zu verhandeln wünsche, und sie verlocken, dorthin zu laufen. Um die Täuschung vollkommen zu machen, fuhr Wildtöter so nahe an das Ufer heran, als es die Vorsicht nur erlaubte, dann hieß er Judith und Hetty in die Kajüte gehen, duckte sich hinter die Brüstung des Fahrzeugs und schwenkte es plötzlich auf den entgegengesetzten Kurs herum, auf den Abfluß zu.

Zur rechten Zeit gelangte er in die Nähe des „Bienenkorbs" und warf in einiger Entfernung den Anker aus. Während Judith und Hetty den Strand und den Felsen beobachteten, ließ er das Heck der Fähre am Ankerseil langsam auf den Felsen zutreiben.

Lange Zeit spähten sie vergebens, dann rief plötzlich Judith: „Seht, da steht ein Indianer auf dem Felsen, bemalt und bewaffnet!"

„Wo trägt er seine Falkenfeder?" fragte Wildtöter, der das Tau lockerte, um näher an den Felsen heranzukommen. „In der Skalplocke oder über dem linken Ohr?"

„Über dem linken Ohr! Er flüstert: ‚Mohikaner'!"

„Also doch die Schlange!" rief der junge Mann. Gleich darauf hörte man einen leichten Aufsprung auf dem Ende des Fahrzeugs, und der Indianer eilte durch die Kajüte zu dem vorn stehenden Wildtöter.

Im nächsten Augenblick kreischten Judith und Hetty auf. Die Luft gellte vom Kriegsgeheul: etwa zwanzig Wilde sprangen aus den Büschen auf die Sandbank hinunter, einige stürzten sich gleich ins Wasser.

„Ziehen! Ziehen!" schrie Judith. „Der ganze See ist voll von Indianern, die hinter uns herwaten."

Die beiden jungen Männer, denen der Ruf galt, wußten, was auf dem Spiele stand, und unter Anspannung aller Kräfte gelang es ihnen, das schwerfällige Fahrzeug wieder in Bewegung zu bringen. Ein Freudenschrei Judiths zeigte ihnen, daß die Verfolger, die schon fast die Arche erreicht hatten, abgeschlagen waren.

Noch einmal legten sich die beiden ins Zeug, um den Anker zu erreichen, und ließen dann die Arche so weit treiben, bis sie in gehöriger Entfernung vom Ufer waren und auch Kugeln nicht mehr zu fürchten brauchten.

Chingachgook, von großer, schlanker Gestalt und adliger Haltung, prüfte zuerst seine Flinte, ob ihm das Zündkraut auch nicht naß geworden war, dann ging er daran, die sonderbare Behausung und die beiden Mädchen höchst aufmerksam zu betrachten. Fragen zu stellen, hielt er unter seiner Würde.

Wildtöter stellte seinen Freund den beiden Mädchen vor. „Judith und Hetty, das ist Chingachgook, der Mohikanerhäuptling, er ist der beste Freund, den ich habe."

Chingachgook verstand zwar das Englische, drückte sich aber wie die meisten seiner Stammesgenossen nur ungern in dieser Sprache aus. Nachdem er Judiths und Hettys freundlichen Gruß höflich erwidert hatte, wandte er sich ab und schwieg. Er wartete, bis es seinem Freund gefallen würde, von dem Geschehen und den weiteren Plänen Mitteilung zu machen. Der andere verstand seine Absicht und bat die beiden Mädchen, das Abendessen zu bereiten. Während sich Judith und Hetty in die Kajüte zurückzogen, setzten sich die beiden jungen Männer in den Bug des Fahrzeugs und unterhielten sich in der Delawarensprache über die Lage.

Chingachgook erzählte, was ihm selbst seit ihrer Trennung begegnet war. Eine halbe Meile südlich war er am Susquehannah auf die Fährte des Feindes gestoßen. Mit aller Vorsicht erreichte er den Austritt des Flusses aus dem See und den Felsen, wobei er wieder eine Spur fand. Er streifte nun stundenlang in der Nähe des Feindes umher, immer in der Hoffnung, Wah-ta-Wah zu begegnen. Er war ebenso wie sein Freund von der Stärke des Feindes überrascht, der in der Nähe der Stelle, wo Hutter und Hurry gefangen genommen wurden, an einer Quelle sein Standlager hatte.

„Gut, Schlange“, sagte Wildtöter, als der Indianer seine Erzählung beendet hatte, „weißt du nichts von den beiden Gefangenen?“

„Chingachgook hat sie gesehen, ein alter Mann und ein junger Krieger. Sie sind nicht gefesselt und werden heute noch wie Brüder behandelt, morgen verlieren sie ihren Skalp.“

„Ja, so sind die Roten! Das ist ihre Natur. Judith! Hetty! Kommt heraus, da sind tröstliche Nachrichten für euch! Euer Vater und Hurry haben nichts zu leiden, sie dürfen frei im Lager umhergehen.“

„Das höre ich mit Freuden, Wildtöter“, gab Judith zurück. „Nachdem Euer Freund nun da ist, wird sich gewiß auch ein Weg finden, die Gefangenen auszulösen. Wenn sie ihre Weiber im Lager haben, will ich sie schon mit ein paar schönen Kleidern bezaubern, zur Not können wir immer noch die Truhe öffnen."

„Wieviel Frauen sind im Lager der Mingos?" fragte Wildtöter seinen Freund. „Hast du Wah-ta-Wah gesehen?"

„Sechs!" antwortete Chingachgook und hob alle Finger der einen Hand und den Daumen der anderen auf. „Aber das Gebüsch war zu dicht, um Wah-ta-Wah zu sehen. Ich habe sie lachen hören, es klang wie das Zwitschern des Zaunkönigs."

Es war inzwischen ganz dunkel geworden. Wildtöter lichtete den Anker, und alsbald trieb die Arche gemächlich see-einwärts. Sie machten gut zwei Meilen Fahrt in der Stunde; sie konnten sich das Rudern sparen und setzten sich am Heck des Fahrzeugs nieder: Wildtöter, der das Steuer in Händen hielt, Judith und Chingachgook. Es verging eine halbe Stunde, es wurde finster und finsterer.

„Habt Ihr nichts gehört, Wildtöter?" fragte Judith plötzlich. „Es war mir, als rauschte es im Wasser, ganz in unserer Nähe."

Im gleichen Augenblick beugte sich der Delaware vor und zeigte in das Dunkel, als sähe er etwas. Nun erkannten auch Wildtöter und Judith ein Kanu und darin eine aufrecht stehende Gestalt. Die beiden Männer hoben ihre Büchsen, und Wildtöter rief den Ruderer an.

„Schießt nicht, ihr bringt sonst ein wehrloses Mädchen um! Geht Eurer Wege, Wildtöter, und laßt mich die meinen gehen!" Es war Hettys sanfte Stimme.

„Hetty!" schrien Judith und Wildtöter in einem Atem. Wildtöter stellte fest, daß das an der Arche befestigte Kanu fehlte. In aller Eile wurde das Segel heruntergeholt, um nicht an dem Boot vorbeizutreiben, aber es war schon zu spät. Hettys Boot entzog sich in der Dunkelheit immer mehr ihren Blicken.

„Was soll das heißen, Judith?“ fragte Wildtöter.

„Sie ist schwachsinnig, das wißt Ihr ja. Sie wird sich einen sonderbaren Plan ausgedacht haben, ihren Vater zu befreien, an dem sie ganz besonders hängt.“

„Und wird damit den Mingos ein Boot in die Hand spielen. Das müssen wir verhindern!“ erwiderte Wildtöter mit Heftigkeit.

Die Männer faßten nach den Rudern und drehten das schwere Fahrzeug herum. Judith lehnte sich weit über Bord, um zu lauschen. Wildtöter und sein Gefährte legten sich mit aller Gewalt in die Ruder, während Hetty in ihrer Angst wie gelähmt war und nicht recht vorwärtskam. Die Jagd wäre bald beendet gewesen, wenn nicht das Mädchen

ein paarmal mit kurzen Wendungen den Kurs geändert hätte. Damit gewann sie Zeit, die beiden Fahrzeuge gerieten immer tiefer in den dunklen Schatten unter den Bergen, ihr Abstand vergrößerte sich immer mehr. Judith hieß schließlich ihre Freunde das Rudern einstellen; das Boot war verschwunden.

Wildtöter steuerte die Arche langsam auf die Landspitze zu, dort lagen sie wohl eine Stunde im tiefen Dunkel und warteten auf Hetty. Sie dachten, das Mädchen würde ebenfalls diese Stelle der Küste zu erreichen trachten. Aber auch das war umsonst, es war nichts mehr zu hören und zu sehen, und enttäuscht nahm Wildtöter wieder Kurs auf das Kastell. —

Hetty war ruhig in ihrem Boot geblieben, bis die Arche in die Nähe der Küste gelangt war. Dann ruderte sie gut eine Meile oberhalb des Abflusses auf die Küste zu und ging an der Spitze der Halbinsel an Land. Sie wußte genau, daß ihr Boot nicht den Wilden in die Hände fallen durfte. Im Vertrauen darauf, daß es schon auf die Biberburg zusteuern würde, stieß sie es ins Wasser.

Im gleichen Augenblick hörte sie vom Wasser her näher kommende Stimmen. Immer noch der Meinung, Hetty den Weg verlegen zu können, war Wildtöter mit der Arche nahe ans Ufer herangekommen. Er gewahrte dabei das treibende Kanu, und es gelang ihm, das Boot zu erreichen und an der Arche festzumachen.

„Hetty! Schwester!" rief Judith mit bewegter Stimme. „Wenn du mich hören kannst, gib mir Antwort!"

„Ich bin hier, Judith, hier auf dem Land! Aber verfolgt mich nicht, sonst laufe ich in den Wald!"

„Hetty, was tust du? Weißt du nicht, daß im Wald Indianer sind und wilde Tiere?"

„Die werden sich an einem schwachen Geschöpf nicht vergreifen! Gott schützt mich hier wie auf der Arche. Ich muß meinem Vater und dem armen Hurry helfen! Ich weiß, was ich dem Häuptling sagen muß."

Gleich darauf raschelte es im Laub, Hetty war im Wald untergetaucht. Es wäre sinnlos gewesen, ihr nachzueilen, denn Finsternis und Dickicht schützten sie vor den Verfolgern. So hißten sie auf der Arche wieder das Segel und erreichten in kaum einer Stunde die Wasserburg.

Judith suchte ihr Lager auf und weinte sich in den Schlaf. Wildtöter und der Delaware legten sich in der Arche zur Ruhe nieder.

Der Schatz aus der Truhe

Hetty hatte sich, ohne zu zaudern, waldeinwärts gewandt. Bald kam sie nicht mehr recht vorwärts und wußte nicht, welche Richtung sie einschlagen sollte. Erschöpft machte sie sich aus Laub eine Ruhestatt und schlief getrost ein, als läge sie unter ihres Vaters Dach.

Am anderen Morgen — der Tag graute gerade über den Bäumen — war ihr plötzlich, als berühre ihre Hand etwas Warmes, und sie fühlte sich in die Seite gestoßen. Sie fuhr erschrocken empor. Ein kleiner brauner Bär sprang von ihr fort und blieb in einiger Entfernung stehen, er hatte offenbar Zweifel, ob er sich noch einmal heranwagen dürfe. Hetty, die schon öfter junge Bären aufgezogen hatte, wollte ihn einfangen, aber ein lautes Brummen zeigte ihr, daß die alte Bärin, die in einem hohlen Baum mit zwei anderen Jungen Honig schmauste, jede ihrer Bewegungen beobachtete. Jetzt kam sie, verdrossen brummend, heran und wiegte sich hin und her.

Zum Glück lief Hetty nicht davon, sie kniete nieder und sprach ihr Gebet, wie sie es jeden Morgen hielt, und die Bärin ließ sich ganz friedlich wieder nieder und sammelte ihre Jungen um sich. Mit Entzücken sah Hetty dem Spiel der kleinen Bären zu.

Dann ging sie langsam davon, am Ufer des Sees entlang, der durch die Bäume blinkte, und zu ihrer Überraschung machte sich die Bärenfamilie nun gleichfalls auf und trollte ihr nach, immer in einem gewissen Abstand und offenbar mit Anteilnahme an allem, was sie tat.

An einem Bach, der brausend in den See sprang, wusch sich Hetty und trank von dem klaren Bergwasser. Erfrischt

setzte sie ihren Weg fort, immer noch gefolgt von den seltsamen Gefährten. An einer leichten Anhöhe, die nicht weit vom Lager sein konnte, hob die Bärin die Nase und schnupperte, als wittere sie die Nähe von Menschen. Sie zeigte auch keine Lust, weiterzugehen, obwohl Hetty sie lockte und rief. Plötzlich legte sich eine Hand sanft auf Hettys Schulter.

„Wohin gehen?" fragte eine Mädchenstimme. „Da unten Indianer, böse Krieger!" Es war ein Indianermädchen, kaum älter als Hetty, das freundlich auf sie einsprach.

Diese unerwartete Ansprache erschreckte Hetty nicht, das junge Mädchen, das so plötzlich vor ihr stand, war auch keineswegs geeignet, Schrecken einzuflößen. Ihr Haar war dicht und dunkel und fiel in schweren Flechten über die Schulter, in dem zarten, schönen Antlitz lag ein leichter Zug von Schwermut, und ihre Stimme war wie das Seufzen des Windes. Es war Wah-ta-Wah, Chingachgooks Braut.

Sie gab sich zu erkennen und führte Hetty dem See zu, dort setzten sie sich nebeneinander auf einen Baumstamm. Hetty berichtete in ihrer treuherzigen Art, daß sie gekommen sei, um ihrem Vater zu helfen. Das Indianermädchen faßte schnell Zutrauen zu Hetty und erzählte, daß sie auf Chingachgook warte, der sie aus den Händen der Mingos befreien wolle, und Freude leuchtete auf ihrem schönen Gesicht, als ihr Hetty von der Ankunft Chingachgooks auf der Arche berichtete.

So plauderten die neuen Freundinnen noch eine Weile zusammen, Wah-ta-Wah stellte immer wieder Fragen, die Hetty in ihrer einfältigen Art beantwortete. Als Hetty erzählte, daß man sie zu Hause für schwachsinnig halte, fühlte sie Mitleid und Ehrfurcht in einem, und indem sie rasch aufstand, bat sie Hetty, sie in das nicht weit entfernte Lager zu begleiten. Dieser plötzliche Entschluß entsprang der Überzeugung, daß ihr kein Indianer ein Leid antun würde in ihrer Einfältigkeit.

Als die beiden Mädchen in den Bereich des Lagers traten, stieß Hetty beim Anblick ihres Vaters einen leisen Schrei aus. Er saß, mit dem Rücken an einen Baum gelehnt, im Gras, und Hurry stand neben ihm. Dem Anschein nach waren sie so frei wie jeder andere im Lager, man hätte sie allenfalls für Gäste, nicht für Gefangene halten können. Wah-ta-Wah führte ihre neue Freundin zu ihnen und ließ sie allein.

Hettys Vater zeigte keine Spur von Überraschung oder Besorgnis, als sie plötzlich neben ihm stand, er blieb kalt und beherrscht.

„Du hättest nicht hierher kommen sollen, Hetty, du wirst Übles erfahren bei diesen Wilden", meinte der Vater.

„Ich hoffe, Vater, ihr habt euch keine Grausamkeiten gegen die Indianer zuschulden kommen lassen und auch keine Skalpe von ihnen erbeutet, ehe sie euch gefangen nahmen. Dann kann ich offen mit ihnen sprechen", erwiderte Hetty.

Als Hetty nicht lange danach zu den Häuptlingen trat, wurde sie mit würdevollem Schweigen empfangen. Ein älterer Krieger bedeutete ihr, auf einem umgefallenen Baumstamm Platz zu nehmen, und vor den versammelten Kriegern begann Hetty, den Zweck ihres Besuches zu erklären. Wah-ta-Wah wurde als Dolmetscherin hinzugeholt. Die Indianer hörten schweigend zu, als Hetty eine kleine englische Bibel hervorholte und mit brennenden Wangen ihnen vorlas, was von den Geboten der Christenheit darin geschrieben steht.

Doch Hetty hatte sich in der Wirkung ihrer Worte auf die Indianer getäuscht. Diese, die oft genug erfahren hatten, daß sich das Tun der weißen Männer nicht mit den Geboten der Bibel vereinbaren ließ, und die eine erwiesene Wohltat nach den Gesetzen ihres Stammes wohl nie vergaßen, ebensowenig aber eine angetane Beleidigung

verzeihen konnten, schrieben das, was ihnen an Hettys Worten töricht vorkommen mußte, ihrer Geistesschwäche zu.

Der Häuptling hatte inzwischen Hutter heranbringen lassen und fragte ihn nun, warum er in das Lager gekommen sei. Hutter wußte, daß mit Ausflüchten nicht viel gewonnen sei, war auch viel zu halsstarrig, um vor den Folgen seiner Handlungsweise zurückzuschrecken. Er erklärte deshalb ohne Umschweife, daß er Skalpe erbeuten wollte, auf die hohe Preise ausgesetzt seien. Die Indianer nahmen dies Bekenntnis mit Beifall auf, es zeigte ihnen, daß sie einen Gegner gefangen hatten, der ihre Rache verdiente.

Noch bevor sich die Sonne über den östlichen Hügeln zeigte, waren auch die Bewohner der Wasserburg munter. Wildtöter gab Chingachgook ein Bündel Kleider des alten Hutter und riet ihm, seinen Kriegsschmuck und seine Indianerkleider abzulegen, um nicht aufzufallen. Chingachgook betrachtete die Kleidungsstücke mit äußerstem Mißvergnügen, mußte aber zugeben, daß es nicht unangebracht sei, sich derart zu vermummen.

Beim Morgenimbiß trafen sie mit Judith zusammen. „Wildtöter", sagte sie, „es wäre gräßlich, wenn Vater und Hurry etwas zustieße. Ich weiß kein anderes Mittel, um sie zu befreien, als Bestechung. Die Irokesen sind für Geschenke zu haben, und ich glaube, in der Truhe ist genug, was wir ihnen bieten können."

Sie machten sich auf die Suche nach dem Schlüssel, der ebenso gut verwahrt schien wie das von Hutter vor Judith ängstlich gehütete Geheimnis um den Inhalt der Truhe. In einer Tasche, die Hetty gehörte, fanden sie ihn schließlich. Schnell gingen sie ans Werk, öffneten die Kiste und packten die obenauf liegende Leinwand beiseite. Das erste, was zum Vorschein kam, waren farbenprächtige und reich verzierte Männerkleider, wohl geeignet, mit ihrem Flitter und ihrem Glanz einen Indianer zu entzücken. Dann fanden sie eine Anzahl stattlicher Frauenkleider. Eine weitere Leinendecke verbarg den Rest.

Wildtöter hob die Decke auf und fand ein paar Pistolen von seltsamer Art und ein nautisches Gerät, wie es von Seeleuten gebraucht wird, sowie einen kleinen Beutel, der einen Satz Schachfiguren aus Elfenbein enthielt. Sie waren größer als gewöhnlich und wunderbar gearbeitet. Die Springer saßen auf Pferden, die Türme standen auf Elefanten, und selbst die Bauern hatten Köpfe und Menschenleiber.

Mit diesem Fund war die Frage des Lösegeldes für die Gefangenen schnell entschieden. Alle drei stimmten überein, daß nichts die Indianer mehr reizen könnte als die Elefanten. Sie legten das übrige Gut wieder in die Kiste zurück und schlossen sie ab.

Über alledem war mehr als eine Stunde vergangen, Chingachgook weidete sich immer noch an dem Anblick der vier Elefanten, während Wildtöter mit Judith die nächsten Schritte beratschlagte. Plötzlich wurde ihre Unterhaltung durch den Eintritt Hettys unterbrochen. In ihrer Begleitung befand sich ein fünfzehnjähriger Indianerjunge.

Wildtöter rief seinem Freund auf delawarisch zu, sich versteckt zu halten, und sprang vor die Tür, um sich Gewißheit zu verschaffen, ob die beiden allein gekommen waren. Neben der Arche lag ein aus zwei Fichtenstämmen zusammengebundenes Floß, mit dem Hetty und der Indianer über das Wasser gekommen sein mußten.

Die Schwestern verließen das Gemach, und Wildtöter begann sich mit der Rothaut in dessen Sprache zu unterhalten. Er winkte den Jungen zu sich heran und stellte plötzlich zwei von den Türmen vor sich hin. Bis zu diesem Augenblick hatte der Wilde keine Miene verzogen, wenn Wildtöter auch nicht entgangen war, daß er mit seinen Augen die Waffen und Verteidigungsmöglichkeiten der Wasserburg auszuspähen versuchte. Jetzt aber wurden die Überraschung und das Entzücken über seine gewohnte Zurückhaltung Herr. Er schrie laut auf und brachte seine Augen nicht mehr weg von den Elefanten!

Wildtöter ließ ihn lange gewähren, er wußte, daß der Junge sich die Wunderdinge ganz genau einprägen würde, um sie seinen Häuptlingen beschreiben zu können. Dann bedeutete ihm Wildtöter, daß er mit ihm reden wolle.

„Hör zu, zwei weiße Gefangene sind in eurem Lager. Kannst du mir sagen, was deine Häuptlinge mit den Gefangenen vorhaben?"

Der Junge sah mit einiger Verwunderung auf, dann setzte er die Spitze seines Zeigefingers an seinen Kopf und fuhr damit rund um den Schädel. „Skalpe verkaufen — viel Gold!" sagte er.

„Das ist das Übel — hüben wie drüben", murmelte der Jäger vor sich hin und wandte sich wieder an den Indianer: „Der alte Mann ist der Vater der beiden Mädchen hier, und der andere ist der Freier des älteren Mädchens. Die Mädchen wollen natürlich die Skalpe der beiden Männer retten. Sie wollen zwei Elefanten dafür geben, für jeden einen. Geh zurück und erzähle das deinen Leuten, und bevor die Sonne niedergegangen ist, kehre mit deiner Antwort wieder!" Der Junge ging freudig auf den Vorschlag ein.

Hetty hatte inzwischen den Delawaren in seinem Versteck aufgestöbert und erzählte ihm von dem Zusammentreffen mit Wah-ta-Wah. Sie gab dem jungen Krieger eine genaue Beschreibung des Lagers und warnte ihn, den falschen Irokesen zu trauen. Eine Stunde nach Sonnenuntergang, berichtete sie weiter, wenn ein glänzender Stern über den Hügel komme, werde Wah-ta-Wah ihn an derselben Stelle erwarten, an der sie an Land gegangen sei. Sie fügte auch hinzu, daß man im Lager einen Indianer auf der Arche vermute, wenngleich noch niemand wisse, daß es Chingachgook sei.

Nach diesen Mitteilungen legte der Delaware mit sichtlicher Erleichterung seine Verkleidung wieder ab. Er trat in voller Kriegsbemalung vor Wildtöter, der am Rand der Plattform saß. „Wir wissen jetzt", erklärte dieser, „daß die Halunken auch Flöße zu bauen verstehen, und vielleicht können sie uns damit in großer Zahl auf den Hals kommen. Ich halte es für ratsam, sämtliche Lebensmittel des alten Hutter auf die Fähre zu bringen und die Burg zu verschließen. Mit der Arche können wir uns tagelang halten, wenn wir ständig den Platz wechseln."

Chingachgook stimmte dem Plan zu; denn zerschlugen sich die Verhandlungen, war mit einem Angriff noch in der nächsten Nacht zu rechnen. Zu viert gingen sie gleich daran, ihren Plan auszuführen, und Betten, Kleiderbündel, Waffen und Schießzeug, etwas Küchengerät und die geheimnisvolle Truhe wurden schnell verladen. Sie waren kaum fertig, als sie das Floß von der Küste abfahren sahen, und Wildtöter stellte durch das Fernglas fest, daß zwei Krieger darauf saßen. Offenbar waren sie unbewaffnet. Da das Floß nur langsam vorwärts kam, hatten sie genug Zeit, sich auf den Besuch vorzubereiten.

Chingachgook und die beiden Mädchen zogen sich in das Innere des Hauses zurück, wo sich der Indianer bei der Tür aufstellte und die Büchse bereithielt, während Judith durch eine Schießscharte beobachtete. Wildtöter saß draußen auf der Plattform auf einem Stuhl, das Gewehr nachlässig zwischen die Knie gestellt.

„Seid Ihr Häuptlinge", fragte Wildtöter mit Würde, „oder haben mir die Mingos Krieder ohne Namen geschickt? Dann könnt ihr gleich wieder umkehren, damit ein Mann komme, mit dem Wildtöter verhandeln kann."

„Hugh!" rief der ältere der beiden Floßfahrer und rollte mit den Augen. „Mein Bruder ist sehr stolz, aber Spalteiche ist ein Name, der einen Delawaren erblassen macht! Hat mein weißer Bruder auch einen Namen?"

„Ich habe schon verschiedene Namen geführt, aber einer von euren Kriegern, dessen Geist gestern zu den Jagdgründen eures Volkes aufgebrochen ist, hat mich Falkenauge genannt, weil meine Augen schneller waren als die seinen, als es um Leben und Tod zwischen uns beiden ging."

Die Erwähnung dieser Tat machte auf den Mingo einen großen Eindruck, und während das Floß langsam an die Plattform herantrieb, besprach er sich mit seinem Begleiter und sagte dann: „Mein Bruder Falkenauge hat eine Botschaft gesandt, daß er Bilder von Tieren mit zwei Schwänzen hat. Will er sie seinen Freunden zeigen?"

„Seinen Feinden wäre wohl richtiger", knurrte Wildtöter und warf den auf dem Floß Stehenden eine Figur zu. „Auf Treu und Glauben! Wenn ich es nicht zurückerhalte, wird mein Schießeisen sprechen!"

Die Figur wurde geschickt aufgefangen, und abermals gewannen Erstaunen und Entzücken über die wunderbare Schnitzarbeit die Oberhand über indianischen Gleichmut. Die Kinder des Urwaldes hielten den Turm auf dem Rücken des Elefanten nicht etwa für einen Teil dieses ihnen unbekannten Tieres, sie vermuteten, es sei stark genug, ganze Festungen auf dem Rücken zu tragen, und das war etwas Unerhörtes.

„Hat mein Bruder Falkenauge noch mehr von solchen Tieren?" fragte der Ältere in bittendem Ton.

„Es sind noch mehr da, aber eins genügt, um fünfzig Skalpe dafür zu kaufen", entgegnete Wildtöter gelassen. „Ein Tier mit zwei Schwänzen ist gewiß die beiden Skalpe eurer Gefangenen wert!"

Die beiden Indianer schüttelten ablehnend den Kopf und machten Anstalten, sich zurückzuziehen. Dann wandte sich Spalteiche noch einmal an Wildtöter:

„Warum sollen Spalteiche und Falkenauge eine dunkle Wolke zwischen sich aufkommen lassen? Sie sind beide klug, tapfer und großmütig, sie sollten als Freunde scheiden. Ein Tier soll der Preis für einen Gefangenen sein!"

„Gut gesprochen!" sagte Wildtöter, der froh war, daß der Handel wieder in Gang kam. „Du sollst sehen, daß sich ein Bleichgesicht nicht lumpen läßt. Behalte das Tier, das du vorhin vergessen hast, mir zurückzugeben, als ihr euch entfernen wolltet, und zeig es deinen Häuptlingen. Bringst du unsere Freunde zurück, so sollen noch zwei andere dazukommen — und wenn wir sie schon vor Sonnenuntergang hier haben, vielleicht noch ein viertes."

Mit sichtbarer Freude vernahmen die beiden Krieger das unerwartete Anerbieten, und nachdem sie die Bedingungen vollkommen angenommen hatten, kehrten sie mit dem Floß zum Ufer zurück.

„Kann man sich denn auf diese Tagediebe verlassen?“ fragte Judith, „werden sie nicht behalten, was sie in Händen haben, und uns nachher blutige Beweise schicken, wie schlau sie uns zu überlisten wußten?“

„Gewiß, Judith, sie sind hinterhältig durch und durch, aber wie ich diese Rothäute kenne, werden die Tiere mit den beiden Schwänzen den ganzen Stamm in helle Aufregung versetzen, und sie werden nicht eher Ruhe geben, bis sie die anderen auch erhalten.“

Stunde um Stunde verging. Die Sonne begann sich schon den westlichen Hügeln zuzuneigen, als Wildtöter mit dem Fernrohr eine Anzahl Indianer am Waldrand bemerkte, die ein Floß hervorholten und sich damit langsam der Wasserburg näherten. Durch das Glas erkannte er Hutter und Hurry, die gefesselt auf dem Boden des Floßes lagen. Gespannt sahen sie den Ankommenden entgegen, als das Floß schließlich an der Plattform anlegte.

Zwar waren die Bedingungen der Übergabe klar, doch gab es noch einige Schwierigkeiten. Die Irokesen mußten großes Vertrauen in die Ehrlichkeit und Aufrichtigkeit Wildtöters setzen, denn waren die Gefangenen frei, standen ihnen plötzlich vier Gegner gegenüber, und eine Flucht wäre den Indianern dann unmöglich gewesen.

„Mein Bruder Falkenauge weiß, daß er allein es ist, dem ich Vertrauen schenke", sagte der Indianer, als er Hutters Beine entfesselte, damit der alte Mann die Plattform hinaufsteigen konnte.

Wildtöter half ihm vollends hinauf und hieß ihn in seiner Behausung willkommen. Gleichzeitig übergab er dem Indianer das Lösegeld. Hurry, der nur schwer wieder auf seine Beine kommen konnte, nachdem ihm die Fesseln gelöst waren, mußte erst ordentlich umherstampfen mit seinen mächtigen Gliedern, um das Blut wieder in Wallung zu bringen.

Wildtöter, der vorher alle Waffen ins Haus hatte schaffen lassen, gab den Unterhändlern den Rat, so schnell wie möglich zu verschwinden, und sie ruderten eifrig davon.

„Ich möchte nur wissen, ob jetzt Krieg oder Friede ist zwischen den roten Halunken und uns?" fragte Hurry, als sie beim Abendessen ihre Erfahrungen austauschten.

„Das ist die Antwort, Hurry!" sagte Wildtöter, der vor die Tür getreten war und mit einem Bündel zurückkehrte, das aus einem Dutzend in Blut getauchter Stecken bestand, die mit einem Riemen aus Wildleder zusammengehalten wurden.

„Mit solch verbundenen Blutstäben wird auf gut indianisch der Krieg erklärt! Wo bringt Ihr das Zeug her, Wildtöter?"

„Ich hörte vorhin ein Rauschen auf dem See und ging hinaus, da lag auch schon der Segen vor meinen Füßen, und der indianische Bote ruderte auf seinen zwei Baumstämmen eilig davon."

In der Gewalt der Wilden

Hutter ging mit dem Riesen in die Arche, wo sie lange in geheimer Unterhaltung beisammensaßen. Endlich erschien der alte Tom wieder auf der Plattform und teilte ihnen allen nur so viel von seinen Plänen mit, wie er es für angemessen hielt. Auf die Kriegserklärung hin mußte Wildtöters Plan, sich auf die Arche zurückzuziehen, vollends als das einzige Mittel erscheinen, um dem Verderben zu entgehen. So wurde die Wasserburg verschlossen, die Kanus wurden hinter den Palisaden hervorgezogen und an der Arche befestigt, und alle schifften sich ein wie Flüchtlinge.

Vor einer leichten Brise trieb das Fahrzeug mit gesetztem Segel in die Nacht hinaus. Hurry und der alte Mann legten sich bald auf die Pritschen und überließen es Wildtöter und seinem Freund, auf den Kurs zu achten. Er hielt die Arche möglichst im Schatten der Wälder, um nicht die Aufmerksamkeit der Indianer zu erregen, denn schon hatten sie sich dem Platz genähert, wo Chingachgook mit Wah-ta-Wah zusammentreffen wollte. Chingachgook wies schweigend nach vorn. Ein kleines Feuer brannte zwischen den Büschen und der Landzunge. Die Indianer hatten ihr Lager verlegt und waren nur unweit der Stelle, wo Wah-ta-Wah ihren Befreier erwartete.

An der Landspitze brachte Wildtöter die Arche in eine solche Lage, daß das Buschwerk zwischen ihr und dem Feuerschein blieb, dann gab er Chingachgook das verabredete Zeichen, den Anker auszuwerfen und das Segel einzuholen.

Wildtöter und Chingachgook stiegen in das Kanu und stießen ab. Judith sah ihnen schweigend nach. Sie fuhren nicht direkt auf die Landspitze zu, sondern zunächst auf den See hinaus, um den Feind immer nur vor sich und nie in der Flanke zu haben. Mit äußerster Vorsicht hoben und senkten sie die Ruder, und als sie auf etwa hundert Schritt der Landspitze nahe gekommen waren, nahm Chingachgook das Gewehr hoch. Unhörbar glitt das Kanu dem Ufer näher und knirschte leise beim Auflaufen auf den Strand.

Chingachgook stieg aus und suchte sorgfältig das Ufer ab, doch war niemand zu sehen. Als er zurückkam, stand auch Wildtöter am Ufer, und beide lauschten angespannt. Zuweilen hörten sie wohl Stimmen, ein Kind weinte, dazwischen ertönte Lachen einer Indianerin; das Lager mußte ganz in der Nähe sein.

Endlich schlug Wildtöter vor, mit dem Boot um die Landzunge zu fahren, um das Lager von der anderen Seite einsehen zu können. Chingachgook weigerte sich entschieden, den Platz zu verlassen, denn käme das Mädchen in seiner Abwesenheit, wisse es nicht mehr ein noch aus. Das sah Wildtöter ein, und so fuhr er allein, während Chingachgook, in den Büschen versteckt, warten wollte.

Nach einiger Zeit geriet Wildtöter in den Feuerschein des Lagers, konnte aber kaum gesehen werden, solange die Indianer selbst im hellsten Licht standen. Diese hatten, durch die Einrichtung des neuen Lagers in Anspruch genommen, eben erst ihr Mahl gehalten. Er sah auf den ersten Blick, daß nur ein Teil der Krieger im Lager war. Spalteiche saß neben dem Feuer und zeigte einem Stammesbruder den wunderbaren Elefanten, andere Krieger lagen um das Feuer herum. Auf den Ruf einer häßlichen Alten führten ein junger Indianer und ein Mädchen Wah-ta-Wah in diesen Kreis, und er schloß daraus, daß sie bewacht wurde. Mit dieser Kundschaft kehrte er zu dem Delawaren zurück, und sie beschlossen, nun zu handeln.

Zuerst zogen sie das Kanu an Land, so daß Wah-ta-Wah es sehen mußte, wenn sie allein an die verabredete Stelle kam. Dann stiegen sie die Anhöhe hinauf, von der sie bequem das Lager übersehen konnten. Die Indianer saßen noch immer um das Feuer versammelt, in ihrer Mitte Wah-ta-Wah. Chingachgook ahmte das Pfeifen eines Eichhörnchens so täuschend ähnlich nach, daß Wildtöter, der den Ton schon oft vernommen hatte, unwillkürlich nach oben blickte. Auch von den Mingos wurde der Ruf nicht weiter beachtet, nur Wah-ta-Wah hörte auf zu sprechen, ohne jedoch ihre Beherrschung zu verlieren oder dahin zu sehen, von wo das vertraute Zeichen gekommen war.

Als das Pfeifen nach einiger Zeit noch einmal erklang, erhob sie sich gähnend, als ob sie schläfrig sei, und ging ihrer Hütte zu. Dort sollte sie von einer alten Frau bewacht werden, die gerade jetzt von einem der Krieger aufgefordert wurde, Wasser zu holen. Sie rief Wah-ta-Wah zu sich und ging mit ihr, eine Kürbisflasche in der Hand, der nahen Quelle zu. Ihr Weg führte sie an einem Baum vorbei, hinter dem sich die Freunde versteckt hatten, doch hinderte Wildtöter den Häuptling daran, sich mit dem Tomahawk auf die Alte zu stürzen.

Sie folgten den beiden Frauen bis zur Quelle, und als die Alte ihre Flasche gefüllt hatte, fühlte sie sich von

Wildtöter so heftig an der Kehle gepackt, daß sie nur noch einen gurgelnden Ton hervorbringen konnte. Chingachgook versicherte sich schnell des Mädchens und trug Wah-ta-Wah auf seinen Armen durch das Gebüsch zum Kanu.

Wildtöter hielt indessen die Alte fortwährend an der Kehle, sie nur dann und wann Atem holen lassend, damit sie nicht erstickte. Dabei gelang es der Alten, ein Kreischen auszustoßen, das im Nu das Lager alarmierte. Schon standen einige Krieger auf der Anhöhe. Es war höchste Zeit für den Jäger, sich davonzumachen. Er warf die Alte zu Boden und eilte dem Strand zu.

Es gelang ihm, das Ufer zu gewinnen, wo Chingachgook schon mit dem Mädchen im Boot saß. Wildtöter warf seine Büchse hinein und war eben im Begriff, das Boot vom Ufer abzustoßen, als ihm ein Indianer wie ein Panther auf den Rücken sprang. Mit einer verzweifelten Kraftanstrengung stieß Wildtöter das Boot mit Chingachgook und Wah-ta-Wah in den See hinaus, fiel aber selbst dabei mit dem Indianer kopfüber ins Wasser. Der Wilde mußte sein Opfer loslassen, um wieder über Wasser zu kommen, dann standen beide aufrecht und umklammerten sich mit den Armen, um sich gegenseitig am Gebrauch des Messers zu hindern.

Während dieses verzweifelten Ringens kamen neue Wilde hinzu, um ihrem Stammesgenossen beizustehen, und Wildtöter blieb angesichts dieser Übermacht nichts anderes übrig, als sich seiner Gefangennahme zu fügen. Mit Würde trug er, der sich so aufopferungsvoll für seine Gefährten eingesetzt hatte, sein Los. Während der Delaware mit einem Kanu schon außer Schußweite war und der Arche zusteuerte, wurde Wildtöter zum Lager geführt.

Am Lagerfeuer sah sich Wildtöter acht grimmig aussehenden Indianern gegenüber, sein alter Bekannter Spalt-

eiche war auch darunter. Er sprach einige Worte abseits mit den anderen, und aus dem beifälligen Gemurmel, das sich dann erhob, durfte Wildtöter entnehmen, daß er ihnen seinen Namen genannt hatte. Sie sahen ihn mit wilden und zugleich bewundernden Blicken an.

Auch daß sie ihm nur die Beine fesselten, um ein Entkommen zu verhindern, die Arme aber frei ließen, durfte er sich hoch anrechnen, es schien ihm ein Beweis für ihre

Hochachtung vor einem großen Krieger. Man gestattete ihm, sich ans Feuer zu setzen, um seine nassen Kleider zu trocknen.

Als plötzlich die Alte, die er an der Quelle überfallen hatte, mit geballten Fäusten auf ihn zutrat und ihn wütend zu beschimpfen begann, wurde sie von Spalteiche unsanft zur Seite geschoben. Dann fädelte der schlaue Häuptling mit Wildtöter ein Gespräch ein. Nach Austausch der üblichen Höflichkeiten kam er mit seinem Plan heraus, Wildtöter ungehindert auf die Wasserburg zurückkehren zu lassen, wenn er ihnen Zugang während der Nacht verschaffen würde. Von der Beute könnte er das Beste behalten, die Skalpe aber sollten ihnen gehören. Entrüstet wies Wildtöter diesen schändlichen Verrat an seinen Freunden zurück, und der Häuptling war klug genug, diesen Plan nicht weiter zu verfolgen.

Da stand plötzlich wie ein Gespenst Hetty an seiner Seite. Der Häuptling, in Sorge wegen eines nochmaligen Überfalls, ging zu seinen Kriegern zurück und gab ihnen den Auftrag, die Umgebung abzusuchen, und Wildtöter konnte sich mit dem Mädchen ungestört unterhalten. Hetty war von ihrer Schwester geschickt worden, um festzustellen, wie es Wildtöter gehe und was zu seiner Befreiung unternommen werden könnte. Wildtöter gab ihnen den Rat, scharf aufzupassen und auf die Ankunft von Truppen aus der Garnison zu warten. Vor allen Dingen aber sollten Hutter und Hurry auf keinen Fall noch einmal versuchen, Skalpe zu erbeuten. Wenn es auch hart werden könnte, so sollten sie sich um ihn keine Sorge machen.

Bevor Hetty weitersprechen konnte, kam Spalteiche zurück, und Wildtöter schickte sie fort. Sie gesellte sich der Gruppe der Indianerweiber mit einer Selbstverständlichkeit zu, als gehöre sie zu ihnen, bereitete sich ein Lager und legte sich schlafen. Erst gegen Mitternacht stand sie auf, und ohne von den aufgestellten Wachtposten behelligt zu werden, ging sie zum Ufer zurück, wo Judith mit dem Boot auf sie wartete. Gemeinsam ruderten sie zur Arche hinüber, die sie in der Dunkelheit zunächst verfehlten. Plötzlich zerriß ein lauter Knall die Stille der Nacht, dem Schuß folgte der Aufschrei einer weiblichen Stimme.

„Das war ein Schrei in Todesangst!" rief Judith, als sie ihren ersten Schrecken überwunden hatten. „Wir wollen sehen, ob wir helfen können."

Ohne Zögern hielten die Mädchen mit dem Boot auf den Lichtschimmer zu, der sich in den Büschen zeigte, und bald sollte ihnen ein Anblick werden, der sie schaudern machte.

Am Abhang der Anhöhe sahen sie die Bewohner des Indianerlagers um ein junges Mädchen versammelt, das, aus einer Brustwunde stark blutend, im Sterben lag. Der Schuß mußte von der Arche oder einem Kanu abgegeben worden sein. Mit brennenden Fackeln umstanden die Indianer die Sterbende. Das Bild erschütterte Judith sehr, noch mehr aber die Blicke, die die Wilden Wildtöter zuwarfen, der mit einer Gebärde des Mitleids und der Entrüstung neben der Ermordeten stand. In diesen Blicken glaubte sie schon die grausamen Martern zu lesen, die sie für ihren Gefangenen bereithielten.

Da die beiden Mädchen die Arche nirgends entdecken konnten, ruderten sie in die Mitte des Sees hinaus, wo sie sich am sichersten glaubten, und sanken erschöpft in einen wohltätigen Schlummer.

Der Kampf um die Biberburg

Der alte Hutter und Hurry waren nach einigen Stunden Schlaf aufgewacht, und Chingachgook, der Wah-ta-Wah glücklich zur Arche gebracht hatte, berichtete ihnen von dem inzwischen Geschehenen. „Wildtöter hat sich wie ein Schuljunge aufgeführt", meinte Hutter zu Hurry, als sie von der Gefangennahme sprachen, „wenn er nun seine Dummheit mit seiner Haut bezahlen muß, hat er sich das selber zuzuschreiben."

„Hätte ihm weiß Gott mehr zugetraut", antwortete Hurry. „Aber wo sind denn die beiden Mädchen, ich finde auf der Arche keine Spur von ihnen."

Hutter erklärte kurz, was die Mädchen unternommen hatten, und machte die Arche klar, um näher an die Landspitze heranzukommen. Der alte Tom steuerte so dicht am Ufer hin, wie es der Tiefgang eben noch erlaubte, aber es war unmöglich, etwas zu erkennen. Der Posten am Ufer indessen sah plötzlich den dunklen Schatten des Segels vor sich und ließ einen Ruf der Überraschung hören. Hurry hob augenblicklich das Gewehr und knallte los, und seine Kugel traf anstatt des jungen Wilden dessen Schwester, die neben ihm gestanden hatte.

Als Hurry den Aufschrei des zu Tode getroffenen Mädchens hörte, der auch Judith und Hetty so erschreckt hatte, lachte er zunächst schadenfroh auf. Die anderen Insassen der Arche dämpften seine Freude erheblich, denn Hutter machte ihm Vorwürfe, weil dieser Schuß die Rachsucht der Feinde noch mehr entflammen mußte, und Chingachgook und besonders Wah-ta-Wah sparten nicht mit Worten der Entrüstung über die unsinnige Tat.

Hutter hatte die Arche wieder auf das offene Wasser gedreht, nur langsam schlich die Nacht im düsteren Schweigen dahin. Als der Tag graute, hielt Hutter auf die Wasserburg zu, wo er die Mädchen am ehesten zu treffen hoffte. Mitten auf dem See erblickten sie bald Judiths Kanu. Auch Chingachgook hatte mit dem Glas den See abgesucht und schien etwas auf dem Herzen zu haben.

Als sie schließlich auf zweihundert Fuß an die Burg herangekommen waren, bemerkten sie einen auf dem Wasser schwimmenden Mokassin. Chingachgook fischte ihn heraus und untersuchte ihn, er schien wirklich einem Huronen zu gehören. Die warnenden Worte Chingachgooks schlug man jedoch lachend in den Wind, und ohne große Vorsicht fuhren sie an die Plattform heran.

Der übermütige Hurry sprang gleich hinüber und stampfte dort prahlerisch umher, als wolle er einen ganzen Huronenstamm zum Kampfe auffordern. Dann begab er sich zu Hutter in das Kanu, um ihm das Palisadentor zu öffnen und das Boot unter die Falltür zu bringen. Hutter fand alles in Ordnung, kein Schloß, kein Riegel war versehrt. Hurry zwängte sich durch die Öffnung, und schon im nächsten Augenblick hörte man ihn auf dem Gang oben herumtrampeln.

„Immer herauf, alter Tom!" schrie er. „Alles in bester Ordnung! Ich will mal vorn die Türen öffnen!" Tom Hutter folgte ihm durch die Falltür nach oben.

Eine kurze Weile war es still, dann hörte man plötzlich das Fallen eines schweren Körpers. Hurry brüllte einen gewaltigen Fluch, und im nächsten Augenblick schien das ganze Haus lebendig zu sein.

Mit Riesenkräften hob Hurry, der sich von der ersten Überraschung erholt hatte, einen Huronen hoch und warf ihn über die Plattform ins Wasser, zwei weiteren zeigte er mit Stößen und Tritten denselben Weg. Mit den anderen getraute sich der Riese auch ohne Waffen fertig zu werden, da der Häuptling selbst alle Messer und Waffen seiner Leute versteckt hatte, um die Weißen unverwundet in die Hand zu bekommen.

„Hurra, alter Tom!" schrie Hurry voller Zuversicht in das Haus hinein. „Die Schufte sollen schwimmen lernen, ich werfe sie alle ins Wasser!"

Schon hatte er zwei weitere Gegner erledigt, ein dritter, der zitternd an der Tür stand, war nicht mehr mitzurechnen. So galt es nur noch mit dem letzten und stärksten anzubinden, der seine Kräfte bis dahin geschont hatte. Hurry versuchte den Gegner niederzureißen, aber immer wieder entschlüpfte er ihm mit seiner glatten geölten Haut. Da machte Hurry aufs neue eine verzweifelte Anstrengung und schleuderte seinen Gegner mit solcher Kraft gegen die Hauswand, daß er aufstöhnend wie betäubt niedersank.

Er erhob sich wieder, wurde abermals gepackt und hochgerissen, beide stürzten, und Hurry schlug der Länge nach auf ihn. Schon waren ihm Hurrys Fäuste an der Gurgel, und mit beiden Händen drückte er ihm den Hals zu wie ein Schraubstock. In diesem Augenblick schlang sich ein Bastseil um Hurrys Arme, eine zweite Schlinge fesselte die Füße, und sein Körper wurde wie ein Baumstamm auf

die Mitte der Plattform gerollt. Mit dieser Kriegslist hatten ihn zwei der ins Wasser geschleuderten und wieder emporgekommenen Indianer überwältigt und damit den Kampf für sich entschieden.

Auf der Fähre vermochten sie dem wütenden Kampf nur unvollständig zu folgen. Zwar griff Chingachgook nach der Büchse, als die beiden Huronen hinterrücks ihre Schlingen warfen, aber bevor er schießen konnte, war das Unglück schon geschehen.

Während nun die Feinde durch die Schießscharten Ausschau hielten, versuchte Chingachgook, die Fähre möglichst nahe an die Plattform heranzubringen, damit sich Hurry herunterrollen konnte. Die Wilden gaben aus den Schießscharten eine Salve auf die Fähre ab, ohne jedoch jemand zu verletzen, und es gelang, die Fähre mit der Spitze an die Plattform zu bringen.

Zwar verfehlte der gefesselte Hurry beim Herunterrollen die Fähre und fiel ins Wasser, aber Wah-ta-Wah warf dem Untersinkenden blitzschnell ein Tau zu, das er mit Händen und Zähnen fassen konnte. So wurde er von der Arche fortgeschleppt, und die Huronen erhoben ein fürchterliches Geschrei, als sie den Vorgang bemerkten, und schossen wie wild auf die ihnen entgangene Beute. Rechtzeitig gelang es Chingachgook und seiner tapferen Helferin, Hurry heraufzuschaffen und von seinen Fesseln zu befreien.

Die Wilden machten noch einen vergeblichen Versuch, die Arche zu verfolgen, mußten sich aber zurückziehen, da sie auf dem Wasser ungedeckt den Schüssen von der Arche ausgesetzt waren. Auch eine Jagd auf das Kanu mit den beiden Mädchen gaben sie bald auf und wandten sich dem Ufer zu.

Sobald nichts mehr von den Feinden zu sehen war, näherten sich Hetty und Judith von der einen und die Arche von der anderen Seite dem Kastell. Hetty stieg als erste auf die Plattform und ging ins Haus, um sich vom Abzug der Mingos zu überzeugen. „Ich bin in allen Zimmern gewesen, Judith, sie sind leer. Nur der Vater schläft auf seinem Lager, aber sehr unruhig, wie mir scheint!"

„Sollte Vater etwas zugestoßen sein?" fragte Judith erschrocken, und die Mädchen gingen zusammen in das Gemach. Der alte Mann saß in einer Ecke des Zimmers, sein Kopf war auf die Brust herabgesunken. Eine Mütze war ihm tief über das Gesicht gezogen. Mit einer schlimmen Ahnung zog Judith die Mütze ab. Entsetzlich! Blut floß überall vom bloßgelegten Schädel, die Indianer hatten ihn bei lebendigem Leibe skalpiert.

„Wasser!" stöhnte er jetzt, „gebt mir doch Wasser! Wollt ihr mich denn verdursten lassen?"

„Vater", sagte Judith mit tränenerstickter Stimme, „Vater, können wir dir helfen? Können wir etwas für dich tun?"

„Vater", wiederholte langsam der alte Mann, „nein, Judith und Hetty, ich bin nicht euer Vater. Seht in der Truhe nach, dort werdet ihr alles finden! Gebt mir Wasser!"

Die Mädchen gehorchten, und während sie ständig um den Vater bemüht waren, um ihm die letzten Stunden zu erleichtern, kehrten Hurry, Chingachgook und Wah-ta-Wah mit der Fähre zur Biberburg zurück. Hurry, der ohne Waffen gegen die Wilden gefochten hatte, glaubte auch Hutter unverletzt, um so mehr war er erstaunt, als er seinen Gefährten so übel zugerichtet vorfand. Er konnte noch einige Worte mit dem Alten wechseln, dann waren dessen Kräfte aufgezehrt, und Stimme und Atem versagten ihm.

Wildtöter hält sein Wort

Der Tag verstrich ohne weitere Ereignisse. Die Huronen rührten sich nicht, und so trugen sie denn gegen Abend den Toten auf die Arche hinüber. An der Stelle, an der auch Hettys und Judiths Mutter lag, wollten sie ihn in den See versenken. Hetty, die den Platz genau kannte, stellte sich zu Hurry an das Steuer, und als sie die Stelle erreicht hatten, warf Hurry den Anker aus und ließ den in ein großes Tuch gehüllten Leichnam in den See gleiten. Während die Arche langsam zum Kastell zurückkehrte, trat Judith zu ihrer Schwester, die traurig auf das Wasser hinabsah, das neben dem Leichnam der Mutter nun auch den des Mannes barg, den sie so lange für ihren Vater gehalten hatte.

„Schwester", sagte Judith freundlich, „ich habe über manches mit dir zu reden, laß uns ins Kanu steigen und ein Stück von der Arche wegrudern. Die Geheimnisse zweier Waisen sind nicht für jedermanns Ohr bestimmt."

Als sie im Boot saßen, sagte Judith: „Du weißt nur, daß Tom Hutter nicht unser Vater war. Dennoch hat sein Tod alles verändert. Wir zwei Mädel können nicht hier am See bleiben, schon Tom Hutter ist es sauer geworden, sich durchzuschlagen. Es bleibt uns nichts anderes übrig, als in die Siedlung zu gehen."

„Ach", erwiderte Hetty trübselig, „es tut mir weh, von hier zu gehen. Hier sind die Bäume und die Berge und der See und die Quellen im Wald, da ist mir wohl. Du bist schön und klug, und eines Tages wirst du einen Mann haben, warum wollen wir dann fortgehen?"

„Wer sollte mich denn zur Frau haben wollen?"

„Hurry . . ."

„Rede nicht von ihm", sagte Judith heftig, „wir haben uns ausgesprochen. Noch heute wird er uns verlassen und das nächste Fort benachrichtigen. Aber lassen wir das jetzt. Die Sonne geht unter, und die Arche treibt uns davon. Heute nacht werden wir erst einmal die Truhe ganz auspacken, vielleicht sehen wir dann weiter. Ich denke, es wird noch genug darin sein, um alle Huronen damit zu kaufen. Laß mich nur Wildtöter erst frei haben, er wird schon Rat wissen."

Sie ruderten langsam auf die Arche zu, da stockte Judith. „Ist das nicht ein Kanu da drüben?"

„Ich habe es schon lange gesehen, wollte aber nicht davon sprechen. Es kommt vom Indianerlager her, und ein einzelner Mann sitzt darin. Ich glaube, es ist Wildtöter."

Das Kanu tauchte hinter der Burg auf und hielt auf die Arche zu. Es war wirklich Wildtöter!

„Willkommen, Freund Wildtöter, willkommen!" rief ihm Judith entgegen, als die beiden Kanus zusammentrafen. „Wir haben einen schlimmen Tag hinter uns. Sind die Huronen menschlicher geworden, oder habt Ihr ihnen ein Schnippchen geschlagen?"

„Keines von beiden, Judith", erwiderte der Jäger, „die Mingos sind und bleiben Mingos. Und ein Indianer läßt sich nur einmal übertölpeln."

„Aber wie kommt Ihr dann hierher?"

„Ganz einfach! Ich bin auf Urlaub!"

„Auf Urlaub? Ich weiß wohl, was das Wort bei einem Soldaten bedeutet, aber bei einem Gefangenen?"

„Es bedeutet genau dasselbe. Nämlich, daß ein Mann die Erlaubnis erhält, das Lager auf eine bestimmte Zeit zu verlassen, nach deren Ablauf er zurückkehren muß."

„Und die Indianer haben Euch so einfach ohne Bewachung laufenlassen?"

„Sie haben doch mein Wort", sagte der Jäger schlicht. „Sie wären auch schöne Narren gewesen, wenn sie mich ohne Ehrenwort hätten gehen lassen."

„Und Ihr denkt wirklich daran, Euer Wort zu halten und Euch den Grausamkeiten der Wilden wieder auszuliefern?"

„Ich muß es tun, Judith", sagte er, „oder meint Ihr, Chingachgook und Hurry würden es nicht zulassen? Da kennt Ihr die beiden noch nicht. Der Delaware wäre der letzte, der etwas einzuwenden hätte, und Hurry — nun, der kümmert sich wenig um andere Leute und denkt mehr an sich selbst."

„Und wann ist Euer Urlaub abgelaufen?" fragte Judith.

„Morgen Mittag, und ich werde keine Minute früher als es geboten ist, Eure liebe Gesellschaft verlassen. Die Indianer fürchten schon das Eingreifen der Garnison und wollten die Frist um keinen Augenblick verlängern. Aber wir reden immer nur von mir, dabei seid Ihr nach dem Tode Hutters selbst übel genug dran. Ich habe schon alles bei den Irokesen erfahren. Jetzt braucht Ihr den Rat eines guten Freundes."

„Was den Freund angeht, der seid Ihr selbst. Hurry will uns verlassen. Wenn er fort ist, werdet Ihr gewiß eine

Stunde für mich übrig haben. Hetty und ich, wir wissen nicht mehr, was wir tun sollen."

Indessen hatten sie die Arche erreicht, und Wildtöter begrüßte seine Gefährten. Als er ihnen die Art seines Urlaubs auseinandersetzte, wurde Chingachgook nachdenklich. Zwar dachten die Huronen für die nächste Nacht an keinen Angriff — Wildtöter hatte auch das verloren geglaubte Kanu mitgebracht —, aber sie hatten gewisse Vorschläge zu machen, auf die Wildtöter die Antwort holen sollte.

Nach dem Abendessen versammelten sich alle noch einmal draußen auf der Plattform, um zu hören, was Wildtöter zu berichten hatte.

„Als die Mingos, die die Burg überfallen hatten, zurückkehrten", erzählte Wildtöter, „hielten sie untereinander Rat, und auf ihren Gesichtern war zu lesen, daß sie schlimme Gedanken hegten. Nachdem sie geraume Zeit geraucht und gesprochen hatten, eröffneten sie mir ihren Beschluß. Sie glauben, daß der See in ihrer Gewalt sei und daß man mir vertrauen könne. Darum schicken sie durch mich diesen ‚Wampun-Gürtel'" — Wildtöter holte einen mit Perlen und Muscheln besetzten Gürtel hervor und zeigte ihn Chingachgook —, „sie lassen dir sagen, Große Schlange, daß du dich auf deinem ersten Kriegsgang tapfer gehalten hast und ungekränkt über die Berge in deine Heimat zurückkehren kannst. Wah-ta-Wah aber, die sich heimlich aus dem Lager entfernt habe, müsse bei den Huronen bleiben.

Die nächste Botschaft gilt Euch, Judith. Sie lassen Euch sagen, der Herr der Biberburg sei nun auf den Grund des Sees hinabgetaucht und werde nie wiederkommen. Da werde es den Mädchen bald an Wigwams und Nahrung fehlen. Die Hütten der Huronen seien besser als die der Bleichgesichter, so möget Ihr denn zu ihnen kommen. Einer der tapfersten Krieger, der erst vor kurzem sein

Weib verloren hat, werde Euch — Wilde Rose — gern auf die Bank an seinem Herd setzen. Auch Eurer Schwester werde es bei den roten Kriegern an nichts fehlen."

„Und Ihr gebt Euch dazu her, mir eine solche Botschaft zu überbringen?" rief Judith bekümmert. „Haltet Ihr mich für so gering, daß Ihr mir zumutet, die Sklavin einer Rothaut zu werden?"

„Ich habe nur berichtet, was man mir aufgetragen hat", entgegnete Wildtöter, „was Ihr antworten sollt, darüber habe ich noch kein Wort verloren. Wenn ich Hurry Harry wäre, würde ich antworten: ‚Wildtöter, gehe hin und sage den Gaunern, daß sie mich nicht kennen. Ich bin ein Mann von weißer Haut und werde nie zwei arme Mädchen im Stich lassen, um meinen Skalp zu retten.'"

Hurry war nicht wenig verlegen über diesen Wink. Er wäre auch gewiß geblieben, wenn Judith ihm ein zustimmendes Wörtchen gesagt hätte, aber sie schwieg. Verstohlen sah er zu ihr hinüber. Das erboste ihn aufs neue.

„Sagt ihnen also gefälligst, Wildtöter, daß Hurry Harry es für einen Irrsinn hält, sich als einzelner Mann mit einem ganzen Stamm herumzuschlagen. Wenn Judith ein Einsehen hat, kommt sie mit ihrer Schwester zum Fort, andernfalls werde ich mich entfernen, sobald sich die Kundschafter der Mingos aufs Ohr gelegt haben."

„Nein, Hurry", erwiderte Judith abweisend und entschieden, „wir gehen nicht aufs Fort und danken für das Anerbieten."

„Das ist also erledigt", meinte Wildtöter, „Hurry muß wissen, was er zu tun hat. Aber nun zu Wah-ta-Wah. Was sagst du, Mädchen?"

Wah-ta-Wah erhob sich. „Sage den Huronen, Wildtöter, daß sie blind sind wie Maulwürfe. Bei meinem Volk stirbt die Rose auf dem Reis, aus dem sie entsprungen ist, und die Tränen des Kindes fallen auf das Grab der Eltern, und das Korn reift, wo der Samen ausgestreut ist. Die Mädchen der Delawaren sind nicht wie die Wampun-Gürtel, die man von Stamm zu Stamm sendet. Auch die Rotkehlchen und die Schwalben kehren jedes Jahr zu ihren alten Nestern zurück, soll ein Weib treuloser sein als ein kleiner Vogel? Wah-ta-Wah hat nur ein Herz, und das gehört dem Sohne des Unkas!"

Wildtöter hatte dieser delawarischen Rede mit Entzücken zugehört und wandte sich nun an seinen Freund. „Chingachgook, jetzt hast du das Wort!"

„Höre, was die Große Schlange den Wölfen mitzuteilen hat, die durch unsere Wälder jagen. Sie sind nicht einmal Wölfe, sondern Hunde, denen die Delawaren die Ohren und Schwänze verstümmeln werden. Sie können wohl junge Weiber stehlen, sie aber nicht verwahren. Chingachgook nimmt, was ihm gehört, ohne die Hunde aus Kanada erst um Erlaubnis zu fragen. Er wird Wah-ta-Wah bei sich behalten, und sie wird ihm sein Wildbret kochen."

Sie erhoben sich, und Hurry verkündete seinen Entschluß, in einer Stunde die Gesellschaft zu verlassen. Gegen neun Uhr fuhr er dann mit Wildtöter, der ihn an

Land brachte, davon. Der Riese wurde an jene Uferstelle gerudert, wo sie bei ihrer Ankunft den See erreicht hatten. „Ihr werdet dafür sorgen, Hurry, daß gleich nach Eurer Ankunft in der Garnison eine Abteilung Soldaten gegen die Mingos abgeschickt wird, und Ihr würdet sie am besten begleiten, da Ihr jeden Pfad hier kennt", sagte Wildtöter zum Abschied. „Mir ist ja nicht viel zu helfen, aber Judith und Hetty könnt und müßt Ihr retten."

„Was Euch angeht", erwiderte Hurry mit Teilnahme, „so ist es doch eine üble Geschichte. Ich wünschte von ganzem Herzen, der alte Hutter und ich hätten die gesamte Mingobrut damals skalpiert."

„Besser wäre es für mich und uns alle, ihr hättet es niemals versucht", entgegnete Wildtöter, „und daß Ihr obendrein das junge Mädchen erschossen habt, hat uns furchtbar geschadet."

„Aber Ihr wollt Euch doch nicht im Ernst diesen Bestien wieder ausliefern? Das wäre ja der reinste Wahnsinn!"

„Es gibt Leute, die es wahnsinnig nennen, wenn jemand sein gegebenes Wort hält. Von mir soll keine Rothaut sagen können, daß ich meines gebrochen hätte."

Mit flüchtigem Handschlag riß sich Hurry los. Die edle Gesinnung Wildtöters zu verstehen war ihm unmöglich. Wildtöter lauschte ihm eine Weile nach, wie er im Gehölz verschwand, und schüttelte den Kopf über den Lärm, den er dabei unvorsichtigerweise machte. Dann ruderte er langsam zur Burg zurück.

Auf der Arche brannte noch Licht, Judith hatte auf Wildtöters Rückkehr gewartet. „Seht, Wildtöter, was ich Euch zeigen will ...", begrüßte sie ihn und wies auf die bereits aufgesperrte Truhe. „Es sollte mich doch wundern, wenn wir auf ihrem Grunde nicht bald etwas von Tom Hutter und seinem Lebenslauf finden würden."

Sie begannen auszupacken, und endlich kam ein Bündel zum Vorschein, das sie bei der ersten Öffnung der Truhe nicht untersucht hatten. Es war eine große Schiffsfahne, die Bestätigung dafür, daß Hutter früher zur See gefahren war.

„Ich will endlich wissen, wer ich bin", sagte Judith. Sie holte einen kleinen Kasten heraus, den Wildtöter aufbrach und der mit Briefen und Papieren gefüllt war. Und nun vergingen wohl an die zwei Stunden, in denen Judith mit fiebernder Hast Brief um Brief und Papier um Papier entfaltete. Es ergab sich, daß Hutters wahrer Name Hovey und er früher Seeräuber gewesen war. Er hatte Judiths und Hettys Mutter, eine Witwe, geheiratet und war mit ihr in die Einsamkeit des Glimmersees gezogen. Auch war eine Art Testament vorhanden, nach dem sich die Schwestern die nachgelassene Habe Hutters teilen und zu entfernten Verwandten ihrer Mutter in die Kolonie ziehen sollten.

„Laßt es für heute nacht genug sein, es wird morgen ein schwerer Tag werden. Geht jetzt schlafen!" sagte Wildtöter. Schweigend suchten sie ihr Lager auf.

Schon vor Sonnenaufgang standen Chingachgook und Wah-ta-Wah auf der Plattform. Sie beratschlagten, wie sie Wildtöter helfen könnten. Wildtöter erschien in der Tür der Kajüte und trat zu ihnen.

„Wenn die Sonne über den Fichten steht", fragte Chingachgook ernst, „wo wird mein Bruder dann sein?"

Der Jäger starrte ihn einen Augenblick an, dann nahm er ihn mit zur Arche hinüber. „Rede nicht vor den Mädchen davon", sagte er, „es war unvorsichtig von dir. Kein Sterblicher kann sagen, wo Wildtöter sein wird, wenn morgen die Sonne aufgeht. Aber ich will dasselbe fragen: Große Schlange, wo wirst du sein?"

„Chingachgook wird bei seinem Freunde sein. Wenn er im Lande der Geister ist, wird die Große Schlange mit ihm dort sein. Wenn aber noch die Sonne auf ihn scheint, so wird ihr Licht auf beide fallen!"

„Ich verstehe dich, aber du darfst Wah-ta-Wah meinetwillen nicht im Stich lassen!"

„Wah-ta-Wah ist eine Tochter der Delawaren. Sie wird ihrem Manne folgen. Beide werden bei dem berühmten Jäger sein, wenn die Sonne wieder über jener Tanne steht! Wildtöter kann überzeugt sein, die Delawaren gehen nicht blind in das Lager der Feinde."

Inzwischen war die Trennungsstunde herangekommen, und Wildtöter nahm Abschied von Judith und dem Indianerpaar. Hetty, die nichts Böses von den Indianern zu erwarten hatte, sollte Wildtöter ins Lager begleiten. Die Sonne wollte eben in den Zenith rücken, als Wildtöter mit Hetty an der Landzunge landete.

„Hier bin ich, Mingos", sagte er in der Sprache der Delawaren, als er in den Kreis der versammelten Wilden trat, „hier bin ich, und dort oben steht die Sonne. Sie ist den Gesetzen der Natur nicht treuer, als ich es meinem Wort bin. Ich bin euer Gefangener, tut mit mir, was ihr wollt."

Im Kreis der Krieger erscholl beifälliges Murmeln, viele mochten jetzt wünschen, einen Mann mit so kühnem Geist in ihren Stamm aufzunehmen. Spalteiche trat ihm mit würdevollem Gruß entgegen: „Du bist redlich, Bleichgesicht, mein Volk ist glücklich, einen Mann und keinen Fuchs gefangen zu haben. Wir werden dich als tapferen Krieger behandeln. Wenn du einen der Unsrigen getötet und zum Tode anderer beigetragen hast, so sei bereit, es mit deinem Leben zu büßen. Ich habe gesprochen, und du weißt, was ich gesagt habe!"

Während sich die Häuptlinge besprachen, ließ man den Gefangenen wohl eine Stunde lang frei umhergehen, aber so scharf bewacht, daß jeder Fluchtversuch unmöglich schien. Endlich wurde er aufgefordert, wieder vor seinen Richtern zu erscheinen. Spalteiche richtete das Wort an ihn.

„Falkenauge", sprach er, den Arm ausstreckend, „hier steht die Witwe des trefflichen Kriegers, den du getötet hast. Du bist wohldenkend und machst gern ein Unrecht wieder gut — hier ist eine geladene Büchse, nimm sie, schieße ein Wild, bringe es Sumach und nenne dich ihren Mann. So wird mein Volk den verlorenen Krieger wiederhaben."

„Habe mir schon gedacht, daß es darauf hinauslaufen würde", erwiderte Wildtöter, „aber ich will der Sache ein Ende machen. Keiner eurer Vorschläge hat bei meinen Freunden willige Ohren gefunden, und es würde mir übel anstehen, ein Indianerweib zu nehmen. Mögen eure jungen Männer selbst für Sumach sorgen!"

Seine Worte lösten einen Sturm der Empörung aus. Am grimmigsten tobte der „Panther", der Bruder Sumachs, aus dessen funkelnden Augen die Rachgier lohte. „Hund von einem Weißen!" schrie er wutschnaubend und schleuderte seinen Tomahawk gegen Wildtöter, der ihn mit sicherer Hand auffing.

Alle Kraft zusammennehmend, warf Wildtöter die Waffe auf seinen Gegner zurück, so unerwartet, daß der Panther nicht mehr auszuweichen vermochte. So traf ihn die Streitaxt zwischen beide Augen, und schwer fiel der Körper des starken Mannes zur Erde. Er war tot.

Einen Augenblick sah sich Wildtöter frei, denn alle umdrängten den Gefallenen. Wie ein Hirsch stob er davon, und eine wilde Jagd hob an. Noch ehe die Wachen wußten, was vorging, war er bei ihnen durch. Sie feuerten hinter ihm her, ohne zu treffen, und Wildtöter verschwand in der Deckung der Büsche am Ufer.

Er hatte schon über hundert Schritt Vorsprung gewonnen, als Ordnung in seine Verfolger kam und sie sich nach verschiedenen Richtungen verteilten, um ihm den Fluchtweg auf der engen Landzunge abzuschneiden. Schnellfüßig stürzte er den Hang des Hügels vor ihm hinauf, oben sah er sich nach einem Versteck um und schmiegte sich dann so dicht wie möglich unter einen gefallenen Baum.

Die ersten seiner Verfolger schrien laut, als sie den Hügel erklommen hatten, und in der Meinung, ihr Gegner habe sich in der Schlucht verborgen, sprangen sie über den Stamm hinweg und in die Schlucht hinein. Endlich hatten sie alle die Tiefe der Schlucht erreicht und suchten nach der Fährte des Flüchtlings.

Das war der richtige Augenblick für Wildtöter! Unbemerkt schwang er sich über den Baum und rannte in großen Sprüngen zurück den Hügel hinab. An Weibern und Kindern vorbei, die ihm Steine und Äste in den Weg warfen, lief er zum Ufer und stand bald vor seinem Kanu. Die Ruder waren entfernt, also gab er dem leichten Boot einen Stoß und schwang sich schnell hinein.

Ein teuflisches Geschrei zeigte ihm, daß die Verfolger ihn gesehen hatten, und schon drang eine Kugel an seinem Kopf vorbei durch das Kanu, in dem er sich lang auf den Boden gelegt hatte. Zu seinem Schreck stellte er durch das Loch nun fest, daß er nur wenig vom Ufer entfernt war und das Boot eher landeinwärts als seewärts trieb. Er versuchte mit einem Stecken, den er ins Boot geworfen hatte, das Boot in eine andere Richtung zu bringen, aber ein wohlgezielter Schuß, der ihm den Stecken zerschmetterte, bewies ihm, daß ihn die Indianer genau beobachteten und sicher waren, seiner wieder habhaft zu werden. So ließ er das Boot ruhig treiben. Nach einiger Zeit vernahm er ein Geräusch und sah sich unter dem grünen Laubdach eines Baumes. Er sprang auf und begegnete den Blicken von Spalteiche, der das Kanu ans Ufer zog.

„Du hast das Spiel gewonnen, Spalteiche", sagte Wildtöter gelassen, als er aus dem Boot stieg und dem Häuptling auf den freien Platz der Halbinsel folgte, „nun bin ich wieder euer Gefangener. Aber ich bin im Ausbrechen so tapfer wie im Worthalten!"

„Mein Freund ist ein Elentier, seine langen Beine haben meine Krieger müde gemacht, aber er ist kein Fisch, der seinen Weg im Wasser findet."

Spalteiche ließ ihn allein, und Wildtöter stellte fest, daß die Indianer seine Bewachung verstärkt hatten. Sie schlossen den Kreis um ihr Opfer immer enger, und schon sah er einige mit den Vorbereitungen für die Martern beschäftigt, die ihn erwarteten.

Am Marterpfahl der Mingos

Spalteiche trat noch einmal zu ihm und forderte seinen Skalp. Einige von den jungen Männern traten mit dem Tomahawk in der Hand in den Kreis. Wildtöter wurde gefesselt, die Arme wurden mit Stricken fest an den Leib gebunden und die Beine eng aneinandergeschnürt.

So schleppten sie ihn an einen jungen Baum und banden ihn dort fest, daß er weder fallen noch sich rühren konnte. Es galt jetzt, den Tomahawk so genau zu werfen, daß er haarscharf neben dem Kopf des Gefangenen in den Baum schlug. Hierzu wurden allgemein nur die besten Werfer zugelassen, damit nicht ein vorzeitiger Tod des Opfers die Unterhaltung verkürze.

Wildtöter stand unbeweglich, als die ersten Tomahawks neben seinem Kopf einschlugen, er wurde zwar mehrmals leicht gestreift, erhielt aber nie eine gefährliche Wunde. Die unerschütterliche Festigkeit, mit der er auf seine sich wie wild gebärdenden Gegner blickte, besonders als zum

Schluß dieses Spiels alle zugleich ihr Eisen nach ihm schleuderten, erwarb ihm die Achtung aller Zuschauer.

„Der junge Jäger hat sich wie ein Mann benommen", sagte Spalteiche und unterbrach das gefährliche Spiel. Er fragte, ob es der Wunsch der Huronen sei, die Martern fortzusetzen. Einstimmig wurde dies gefordert, und der kluge Häuptling, der noch immer damit rechnete, Wildtöter für seinen Stamm zu gewinnen, mußte zunächst nachgeben. Er rief einige der besten Schützen heran, um den Gefangenen der Büchsenprobe zu unterwerfen. Als Wildtöter die Gewehre auf sich gerichtet sah, erhoffte er sich davon ein baldiges Ende seiner Qualen, denn die geringste Abweichung einer Kugel konnte ihm den erlösenden Tod bringen.

Kugel um Kugel klatschte neben Wildtöter in den Baum, links und rechts um seine Ohren zischend, aber er rührte sich nicht und starrte in die Mündungen der Gewehre, ohne mit den Augen zu zucken. Dergleichen hatte noch keiner der Huronen erlebt!

„Wir haben Wildtöter zu fest gebunden", rief Spalteiche aus, „seine Starrheit ist schuld, daß er keine Furcht zeigt, nicht sein kühnes Herz. Bindet ihn los, damit er sich freier bewegen kann!"

Der listige Vorschlag des Häuptlings fand Beifall, und man zerschnitt die Seile, so daß Wildtöter ganz frei dastand und durch Stampfen und Springen und Reiben seiner Glieder sein Blut in Bewegung bringen konnte. Damit fand er auch seine alte Tatkraft wieder, und sein Geist beschäftigte sich nur noch mit den Möglichkeiten einer neuen Flucht. So sehr er sich mit seinem Schicksal abgefunden hatte, war er doch weit davon entfernt, nur still ergeben auf seinen Tod zu warten.

Zur Ruhe freilich kam er nicht, denn jetzt war es Sache der Frauen, ihn durch Spotten, Schimpfen und Bosheiten aller Art in Aufregung zu versetzen.

Spalteiche ließ Vorbereitungen zu den letzten Martern treffen. Wildtöter wurde wieder an den Baum gebunden, und schon liefen einige Wilde ans Feuer, um glühende Stäbchen zu holen, die man ihm ins Fleisch bohren wollte. Da kam einer von den Spähern mit einer Botschaft, die alle in große Erregung versetzte. Angetan mit einem prächtigen Brokatkleid und anderen Herrlichkeiten aus der Truhe trat Judith mit hoheitsvoller Gebärde in den Kreis, um die Freilassung des Gefangenen zu befehlen. Die grimmigen Krieger ließen ein erstauntes „Hugh" ertönen, selbst die Weiber konnten ihr Entzücken über das schöne Bild nicht verhehlen. Wildtöter, erschrocken über die Kühnheit des Mädchens, übersetzte dem Häuptling ihre Worte:

„Du siehst an meinen Kleidern, Häuptling, daß ich von hohem Rang bin, und weißt, daß wir mehr Soldaten haben als ihr. Ich bin allein gekommen, um euch nicht zu erschrecken. Das Bleichgesicht dort am Marterpfahl ist ein großer Jäger und in allen Garnisonen berühmt. Es wird einen wilden Kampf um ihn geben, wenn ihr ihn nicht freilaßt. Es ist besser, ihr gebt ihn mir in Frieden heraus!"

„Ich höre einen wundervollen Vogel singen", antwortete der alte Fuchs, der sich nicht hinters Licht führen ließ, „der Vogel hat schöne bunte Federn, er wird auch einen Namen haben. Komm her, meine Tochter mit dem schwachen Geist, und nenne mir seinen Namen!" Der Häuptling hatte richtig mit der Einfältigkeit Hettys gerechnet. Nicht gewohnt, sich zu verstellen, sagte sie, daß es ihre Schwester Judith sei.

Mit triumphierendem Lächeln wandte sich der Häuptling an seine Krieger, um sich mit ihnen zu besprechen, während Judith einen flehenden Blick auf Wildtöter warf, als ob von ihm, dem selbst Hilflosen, eine Hilfe kommen könnte.

„Es war ein kühner Gedanke, Judith", sagte der Jäger, „und ich bin Euch für Eure gute Absicht von Herzen dank-

bar. Aber dieser Mingohäuptling ist ein ungewöhnlicher Mann, der sich nicht so leicht täuschen läßt."

„Eine halbe Stunde Aufschub", meinte Judith, „ist schon ein großer Gewinn für uns; und Eure Freunde", setzte sie flüsternd hinzu, „sind inzwischen nicht untätig."

Als Spalteiche jetzt wieder vor seinen Gefangenen trat, war in seinen Zügen nichts mehr von Wohlwollen oder Schonung zu lesen. Daß ihn, den ehrwürdigen Häuptling, ein weißes Mädchen, und noch dazu die Tochter Tom Hutters, angesichts seines Stammes beinahe übertölpelt hätte, konnte er nicht ungestraft hingehen lassen.

Auf seinen Wink sollten jetzt die Martern fortgesetzt werden. Männer, Weiber und Kinder schleppten dürres Holz herbei und entzündeten ein Feuer in der Nähe ihres Opfers, das durch Hitze und Qualm wohl bis zur Unerträglichkeit belästigt, aber nicht getötet werden sollte. In ihrem Eifer hatten sie jedoch das Feuer so nahe angelegt, daß die Flammen bereits zu Wildtöters Gesicht hinaufschlugen und er zu ersticken drohte.

Da drang plötzlich Hetty durch die Menge und zerstreute mit einem Stock die brennenden Zweige nach allen Seiten. Die Wilden gerieten in Zorn und wollten sie zu Boden schlagen, aber Spalteiche rief sie zurück und entschuldigte Hettys Tun mit ihrem schwachen Geist.

Wildtöter, fast betäubt durch den eingeatmeten Rauch, brachte mit Mühe die Worte hervor: „Es war gut gemeint, liebe Hetty, und Ihr kamet noch rechtzeitig — wenn es auch besser gewesen wäre, die Flammen gewähren zu lassen." Doch dafür sorgten seine Feinde sowieso, denn im Nu waren die auseinandergeworfenen Brände wieder gesammelt, und das Feuer loderte aufs neue empor.

Da bahnte sich, wiederum im rechten Augenblick, eine Indianerin einen Weg durch die Menge und stieß das prasselnde Reisig mit dem Fuß zurück. Ein lautes Geschrei des Unwillens folgte dieser zweiten Unterbrechung der Marter; als man aber Wah-ta-Wah erkannte, schlug die Empörung in Erstaunen und ebenso laute Freude um. Das grausame Spiel der Martern schien vergessen, alle drängten sich um das Mädchen und fragten nach dem Grund ihrer plötzlichen Rückkehr.

Wah-ta-Wah flüsterte leise etwas mit Judith und drückte ihr einen kleinen Gegenstand in die Hand, dann begrüßte sie freundlich die Huronenmädchen, deren aller Liebling sie gewesen war. Judith handelte unterdessen schnell. Das kleine scharfe Messer, das ihr Wah-ta-Wah zugesteckt hatte, gab sie unbemerkt an Hetty weiter, weil sie glaubte, diese könne es, ohne großes Mißtrauen zu erregen, heimlich Wildtöter aushändigen.

Aber statt erst die Hände des Gefangenen frei zu machen und ihm dann schnell das Messer zuzustecken, damit er es zur rechten Zeit verwenden könne, zerschnitt sie selbst die Riemen, mit denen er an den Baum gebunden war. Dieses auffallende Beginnen wurde natürlich bemerkt, und man hielt ihre Hände fest, ehe sie mehr als die Oberarme von den Banden befreit hatte. Auch gegen Wah-ta-Wah wurde man nun mißtrauisch, und als Spalteiche sie verhörte, leugnete sie ihre Mitwirkung an dem Befreiungsversuch nicht.

„Warum sollte ich Wildtöter nicht beistehen?" sagte sie in festem Ton und mit allem Stolz. „Er ist der Freund und Bruder eines Delawarenhäuptlings, und mein Herz ist das einer Delawarin. Komm hervor, elender Briarthon", rief sie in die Reihen der Männer, „komm hervor und wasche die irokesischen Kriegsfarben von deinem Gesicht. Zeige dich den Huronen als die Krähe, die du bist! Ich will ihnen sagen, welchen Schurken sie in ihren Stamm aufgenommen haben!"

Diese mutigen Worte verfehlten ihre Wirkung auf die Huronen nicht. War ihnen Briarthon durch seinen Verrat — er hatte Wah-ta-Wah von den Delawaren entführt — auch von Nutzen gewesen, so schenkten sie ihm gerade deshalb doch wenig Vertrauen. Diese kühne Herausforderung der Delawarin konnte der Überläufer nicht unbeantwortet lassen, wollte er nicht den letzten Rest seines Ansehens verlieren.

„Wer will hier mit Briarthon sprechen?" fragte der Abtrünnige, ohne Wah-ta-Wah zu beachten. „Wenn der weiße Mann dort seines Lebens müde ist, weil er die indianischen Martern fürchtet, so gebt mir einen Wink, Spalteiche. Ich will ihn den Kriegern nachschicken, die wir durch ihn und seine Freunde verloren haben!"

„Nein, edler Häuptling", unterbrach ihn Wah-ta-Wah, „Wildtöter fürchtet sich nicht, am wenigsten vor einer Krähe. Laß die Bande des Gefangenen lösen und stelle ihn diesem Nachtvogel gegenüber. Dann wird sich zeigen, wer seines Lebens müde ist!"

Wah-ta-Wah trat entschlossen auf einen jungen Krieger zu, um ihm das Messer aus dem Gürtel zu nehmen und selbst die Fesseln des Gefangenen zu zerschneiden, wurde aber von dem Häuptling mit sanfter Gewalt daran dehindert. Ihr Vorschlag, Wildtöter loszubinden, wurde von ihm abgelehnt, und sie mußte sich in dem Augenblick von dem Baum entfernen, als sie sich fast am Ziel ihrer Bemühungen sah.

Da sprang plötzlich ein junger Indianer in den Kreis. Zunächst mußte Spalteiche glauben, einer der Späher am See sei mit einer wichtigen Botschaft gekommen, denn die lebhaften Bewegungen des Kriegers ließen nicht erkennen, ob es ein Freund oder ein Feind war. Mit drei Sprüngen war er an Wildtöters Seite, dessen Bande im Nu durchschnitten waren, und erst jetzt stellte sich der Ankömmling herausfordernd mitten in den Kreis: Es war Chingachgook, der sich den verblüfften Huronen im vollen Kriegsschmuck seines Stammes zeigte!

Dies war alles blitzschnell vor sich gegangen. Die Gegenwart von zwei bewaffneten Männern — der Delaware hielt eine Büchse in der Hand und hatte eine andere Wildtöter gereicht — machte die Huronen besorgt, denn sie selbst trugen nur Messer und Tomahawk, und ihre Gewehre lehnten verstreut an den Bäumen. Die gewohnte Selbstbeherrschung der Indianer ließ sie jedoch keine Furcht zeigen, und jeder mußte glauben, daß einem so entschiedenen Schritt irgendein wichtiger Vorschlag folgen werde. Der fremde Krieger bestätigte ihre Vermutungen, als er sie ansprach:

„Huronen“, sagte er, „diese Erde hat weites Land. Jenseits der großen Seen ist Raum für die Irokesen und diesseits für die Delawaren. Ich bin Chingachgook, der Sohn des Unkas und aus der Familie des Tamenund. Dort steht Wah-ta-Wah, meine Verlobte, und der weiße Mann hier ist mein Freund. Mein Herz wurde schwer, als ich ihn vermißte, ich folgte ihm in euer Lager, um zu sehen, ob ihm kein Unglück widerfahren ist. Alle Delawarenmädchen warten auf Wah-ta-Wah. Kommt, laßt uns Lebewohl sagen und unseren Pfad in die Heimat suchen.“

Der erhob sich Briarthons krächzende Stimme. „Huronen“, schrie er, „dies ist euer Todfeind, die Große Schlange der Delawaren! Laßt ihr diesen Teufel entwischen, so werden sich die Spuren eurer Mokassins mit Blut färben von hier bis zu den großen Seen von Kanada. Hört auf mich, denn ich bin mit ganzem Herzen ein Hurone!“

Er hatte kaum geendet, da warf er sein Messer gegen die nackte Brust des Delawaren. Aber Wah-ta-Wah, die während seiner Rede kein Auge von ihm gelassen hatte, wehrte mit schnellem Stoß gegen seinen Arm die Gefahr ab, und das Messer drang in den Stamm einer Tanne. Im gleichen Augenblick warf auch Chingachgook sein Messer und durchbohrte die Brust seines Gegners, der tödlich getroffen zur Erde stürzte.

Die schnelle Aufeinanderfolge überraschender Ereignisse hatte die Huronen vom Handeln abgehalten; jetzt aber erhob sich ein höllisches Geschrei, und die ganze Versammlung geriet in Bewegung. Zugleich hörte man vom Wald her ein ungewöhnliches Stampfen und Dröhnen, und eine Abteilung Soldaten in scharlachroten Röcken rückte im Sturmschritt heran.

Das Wutgeheul der Huronen, die nach ihren Waffen suchten, das Angstgeschrei der fliehenden Weiber und

Kinder und die Hurrarufe der angreifenden Truppen vermischten sich jetzt zu einem wüsten Kampfeslärm. Die Wilden, deren Lager auf drei Seiten von Wasser umgeben war, sahen sich vom Rückzug abgeschnitten und liefen dem Strand zu.

Chingachgook hatte sich sofort mit Ungestüm auf den Feind gestürzt, während Wildtöter, der seine Kaltblütigkeit auch in diesem erregenden Augenblick bewahrte, Judith und Wah-ta-Wah zunächst hinter Bäumen in Sicherheit brachte. Vergebens sah er sich dabei nach der von den Huronenweibern mit fortgerissenen Hetty um. Dann kämpfte auch er an der Seite seines indianischen Freundes und des riesenhaften Hurry Harry, bis ein Bajonettangriff der Rotröcke dem verzweifelten Widerstand der eingekreisten Huronen ein blutiges Ende machte.

Als die Sonne am folgenden Morgen aufging, lag Ruhe und Frieden über dem Glimmersee. Nur auf der Biberburg und der Arche herrschte ein ungewohntes Leben und Treiben.

Von den Soldaten waren nur wenige den feindlichen Kugeln erlegen, verwundet aber waren mehrere, darunter auch der jüngere der beiden Offiziere, der den Arm in der Binde trug. Doch auch die arme Hetty hatte man schwerverwundet aufgefunden, und keiner konnte sagen, wie es geschehen war.

Nun lag sie im Kastell auf ihrem Bett, und die Nähe des Todes war bereits in ihrem bleichen Gesicht zu lesen. Judith und Wah-ta-Wah befanden sich an ihrer Seite. Wildtöter stand am Ende des Lagers, auf die kostbare Büchse gelehnt, die ihm Judith als Vermächtnis ihres Vaters übergeben hatte.

„Wer ist der Mann in der Uniform?" fragte Hetty leise, als sie den eben eintretenden Hauptmann bemerkte.

„Es ist der Offizier, der die Soldaten, unsere Befreier, befehligt, und durch einen glücklichen Zufall unser Oheim, liebe Hetty. Er ist der Bruder unserer Mutter, der uns mit in die Kolonie nehmen will."

„Aber ich bleibe hier", antwortete Hetty. „Vater und Mutter sind beide tot; was ihnen widerfahren ist, muß ich auch hinnehmen. An mir ist wenig gelegen, Judith, und es werden nicht viele an mich denken, wenn auch ich drunten im See liege."

„Nein, nein, arme, gute Hetty", schluchzte Judith, „ich werde immer an dich denken!"

„Gräme dich nicht so sehr um mich, Judith", sprach Hetty mit schwacher Stimme. „Ich werde bald unsere Mutter sehen; ja ich glaube, ich sehe sie schon jetzt. Ich kann dich kaum mehr ... sehen ..."

Ängstlich über ihre Schwester gebeugt, lauschte Judith einige Zeit, ehe sie merkte, daß sie still eingeschlafen war.

Am Abend des folgenden Tages wurden Hetty Hutter die letzten Ehren erwiesen. Wie sie es sich gewünscht hatte, senkte man sie feierlich in den See, der zugleich das Grab ihrer Mutter und Tom Hutters war. Judith und Wah-ta-Wah weinten der Verstorbenen heiße Tränen nach, und selbst Wildtöter sah mit feuchten Augen in die kristallene Gruft hinab.

Schweigend kehrten sie zum Kastell zurück, wo sie sich auf Anordnung des Kommandanten frühzeitig zur Ruhe begaben. Erst jetzt kam den Freunden so recht zum Bewußtsein, welcher glücklichen Fügung sie Wildtöters und ihre eigene Rettung zu verdanken hatten.

Ein Bote hatte der nächsten Garnison die Nachricht gebracht, daß ein Trupp feindlicher Huronen bis zum Glimmersee vorgestoßen sei, worauf Hauptmann Warley sogleich Befehl erhielt, ihnen entgegenzumarschieren. Nachdem die Soldaten schon den größten Teil des Weges zurückgelegt hatten, begegnete ihnen Hurry Harry, der sie von den Ereignissen am See unterrichtete und ihnen als Führer diente. Vom Kastell aus hatte dann Chingachgook mit dem Fernrohr die Rotröcke am Ufer ankommen sehen, war mit Wah-ta-Wah in einem Kanu hinübergefahren, und beide hatten durch ihr mutiges Dazwischentreten geholfen, die Feinde zu überrumpeln.

Aus einem Schriftstück, das Judith in Tom Hutters Kasten gefunden hatte und Hauptmann Warley vorlegte, ergab sich dessen Verwandtschaft mit den beiden Waisen, so daß er sich sofort erbot, seine Nichte zu seinen Verwandten in der Kolonie zu bringen.

In der Frühe des nächsten Morgens schifften sich die Soldaten auf der Arche ein, mit ihnen Judith mit ihrer Habe und Hurry Harry, während Wildtöter, Chingachgook und Wah-ta-Wah ein Kanu zur Überfahrt benutzten. Wo sich die beiden Wege nach der Garnison und den Dörfern der Delawaren trennten, kam es nach so schweren gemeinsamen Erlebnissen zu einem bewegten Abschied. Schmerzliche Gefühle bestürmten Judiths Herz, als sie sich mit einem letzten Blick von dem heimatlichen Glimmersee und von dem treuen, aufrichtigen Wildtöter losreißen mußte. Auch dem Jäger fiel der Abschied von dem edelmütigen Mädchen schwer. Schweigend folgte er den beiden Delawaren, als die letzten Lebewohlrufe verklungen waren.

Chingachgook und Wah-ta-Wah wurden bei ihrer Rückkehr in die Heimat mit großer Freude empfangen und der tapfere Wildtöter von allen hoch geehrt. Der Krieg, der damals gegen die eingedrungenen Indianerstämme begann, war schwer und hart und stellte die beiden Freunde vor gefahrvolle Aufgaben. Der Name Chingachgooks stieg zu hohem Ansehen, und von Wildtöter — oder Falkenauge, wie er jetzt genannt wurde — sprach man weit und breit als dem großen Jäger und Kundschafter.

Der letzte Mohikaner

Auf verschwiegenen Pfaden

Im Fort „Edward" herrschte an diesem schönen Sommertag des Jahres 1757 große Aufregung. Ein indianischer Läufer war in der Waldfestung eingetroffen und hatte dem Oberbefehlshaber der englischen Streitkräfte, General Webb, eine alarmierende Nachricht überbracht. Der Kommandant des weiter nördlich gelegenen Forts „William Henry", Oberst Munro, ließ melden, daß der französische General Montcalm mit einem großen Heer und einem ansehnlichen Gefolge den Franzosen ergebener Indianer heranrückte, und bat dringend um Verstärkung, um der schnell heranziehenden feindlichen Übermacht standhalten zu können.

General Webb bestimmte, alle irgendwie im Fort entbehrlichen Kräfte in das bedrohte Fort am „Heiligen See" zu entsenden, und ließ eine Abteilung von 1500 Mann ausrüsten. Am frühen Morgen stellte sich die ausgewählte Truppe zum Abmarsch auf, vorweg die regulären Soldaten, hinter ihnen die Kolonisten, die mitzogen, um ihre neue Heimat zu verteidigen.

Die Marschtritte der Kolonne waren verklungen, als sich eine weitere Gruppe zum Abzug rüstete. Vor einem Blockhaus, in dem der General wohnte, standen drei gesattelte Pferde. Zwei der Tiere schienen, ihrem Sattelzeug nach zu urteilen, für Frauen bestimmt zu sein, das dritte trug am Geschirr die Wappen eines Stabsoffiziers.

In einiger Entfernung standen mehrere neugierige Zuschauer, unter ihnen ein Mann, dessen Gestalt und Äußeres ganz besonders auffielen. Er war ungewöhnlich dürr und von beachtlicher Länge, und bei jedem Schritt schlotterten die viel zu weiten und zu kurzen Kleider um die langen Glieder. Mit gemessener Würde ging er unter den Dienern umher, lobte und tadelte, und in seiner Rede lag eine Feierlichkeit und Milde, die keineswegs zu der kriegerischen Umgebung zu passen schien. Als einzige Waffe trug er ein langes Jagdmesser, das wohl auch nur friedlichen Zwecken dienen sollte.

Der sonderbare Kauz blieb schließlich vor einem indianischen Krieger stehen, der, lässig an einen Pfahl gelehnt, die eigenartige Erscheinung offenbar mit wenig Anteilnahme musterte. In dem knochigen Antlitz des Indianers paarte sich Würde mit mürrischem Trotz, die vorspringende Nase und die scharf hervortretenden Backenknochen verliehen ihm das Aussehen eines Raubvogels. Das pechschwarze Haar war auf dem Scheitel zu einem Schopf zusammengedreht und mit einer Bussardfeder geschmückt, in einem breiten Gürtel steckten der Tomahawk und ein Skalpiermesser. Die Beinkleider aus gelbem Tuch waren mit bunten Bändern verziert, ein Zeichen, daß er ein hervorragender Krieger war.

Der lange Sonderling versuchte vergebens, die schweigsame Rothaut in ein Gespräch zu ziehen, als sich die Tür des Blockhauses öffnete und zwei anmutige Mädchen, von dem General und einem jungen Offizier geführt, auf die Pferde zuschritten.

„Da ist ja auch schon unser indianischer Führer", sagte das eine der Mädchen. „Wie gefällt er dir, Kora?" Und an den General gewandt, fuhr Alice Munro fort: „Was meint Ihr, General, hat uns Major Heyward auch einen zuverlässigen Begleiter ausgesucht?"

„Ich zweifle nicht daran, Alice! Major Heyward kennt den Roten genau!"

„Gewiß, mein General!" warf Major Heyward ein. „Magua ist mit der Gegend vertraut wie kein anderer. Ich glaube, daß man sich auf ihn verlassen kann. Er wird uns sicher nach Fort William Henry führen, und Oberst Munro wird seine Töchter bald in seine Arme schließen können."

„Gott gebe es!" antwortete die ältere Kora mit gerunzelter Stirn. „Ich kann mir nicht helfen, der Mann gefällt mir nicht."

Betroffen blickte der junge Offizier auf. „Er ist einer der zuverlässigsten Läufer in unserer Armee und hat sich freiwillig erboten, uns auf verschwiegenen Pfaden durch den Urwald viel schneller zum Fort zu bringen, als es auf der breiten Straße möglich ist. Er stammt zwar aus Kanada, dient aber schon lange bei den Mohikanern, und dieser Stamm steht ganz auf unserer Seite."

Durch diese Erklärungen beruhigt, setzten sich die beiden Schwestern auf die Pferde. Als sich auch der Major von dem General verabschiedet hatte und seinen Rappen bestieg, kam plötzlich Leben in die bis dahin regungslose Gestalt des Indianers. Er glitt an ihnen vorüber durch das Nordtor der Festung, um die Führung zu übernehmen.

Frohgemut ritten die drei jungen Menschen in den hellen Morgen hinein, dem Läufer im verhaltenen Trab auf der Heerstraße folgend. An einer Wegbiegung blieb der Indianer stehen und erwartete die Reiter. Er deutete stumm auf einen engen Pfad, der rechts in das geheimnisvolle Dunkel des dichten Waldes führte, und war im Augenblick im Dickicht des Unterholzes verschwunden. Kora trieb ihr Pferd als erste auf den Pfad, ihr folgten Alice und der Major.

Plötzlich vernahm das geübte Ohr des Soldaten ein Geräusch hinter sich, das sich in das Tönen und Weben des Waldes nicht einordnen ließ. Deutlich waren immer näher kommende Hufschläge zu hören, und als er sich umblickte, gewahrte er ein kleines Pferd in schnellem Trab auf ihrer Fährte. Im Sattel saß jene sonderbare Gestalt, die durch ihre Länge und Dürre bereits im Fort Aufsehen erregt hatte. Mit einer artigen Begrüßung verhielt der Reiter neben dem Offizier.

„Ich bin froh, in dieser Wildnis Christenmenschen zu treffen", begann er mit einem milden Blick aus lustigen blauen Augen. „Die roten Ungeheuer, die allenthalben im Busch auf Skalpe lauern, wollen dem einzigen Sohn meiner Mutter durchaus nicht gefallen. Ich hörte, Ihr reist nach Fort William Henry, und möchte mich Euch gern anschließen."

Duncan Heyward maß den Fremden mit kritischem Blick und schien in ihm keine besondere Verstärkung seiner Truppe zu erblicken.

„Ihr habt ja noch nicht einmal ein Gewehr, wie wollt Ihr uns da groß nützlich sein?"

„Ich bin David Gammut und weder Soldat noch Jäger, sondern Sänger. Ich singe Psalmen zur Ehre Gottes, um unsere Soldaten durch geistliche Lieder zu stärken und zu erquicken. Darum laßt mich auch Eurer Gesellschaft mit meinen Liedern den Weg abkürzen."

Als sich auch Alice Munro dafür verwandte, den Sänger als willkommene Begleitung durch die Wildnis mitzunehmen, konnte der Major der Bitte des Fremden nicht länger widerstehen. Aus einer der vielen Taschen seines Rocks

holte David Gammut ein Gesangbuch und eine einfache Brille, und bald schallte sein wohltönender Tenor durch den Wald. Doch ihr indianischer Führer machte ihn sogleich auf das Gefährliche seines Tuns aufmerksam, so daß er seinen Gesang beenden mußte.

Schweigend ritt die Gesellschaft weiter. Niemand bemerkte, wie sich hinter ihnen die Zweige eines dichten Gebüsches vorsichtig teilten und ihnen die blitzenden Augen eines Wilden frohlockend nachblickten.

Am späten Nachmittag saßen zwei Männer am Ufer eines reißenden Stromes unter dem dichten Laubdach, das sich weit über den Rand des Flusses wölbte.

Der Weiße war ein geübter Jäger, der sich durch seine Tapferkeit einen großen Namen unter den Waldläufern gemacht hatte. Mittelgroß und hager, aber von kräftiger, sehniger Gestalt, sah man seinem wettergebräunten Gesicht an, daß er gelernt hatte, Anstrengungen und Mühseligkeiten des Waldlebens von Jugend auf zu tragen. Er trug ein grünes Jägerhemd, lederne Strümpfe und reichverzierte Mokassins. Im Gürtel steckte das Jagdmesser, eine Jagdtasche und ein Pulverhorn vervollständigten seinen Anzug. An einem Baumstamm lehnte eine kostbare Büchse mit langem Lauf, die er einst von Judith Hutter, der Tochter des Einsiedlers vom Glimmersee, als Vermächtnis ihres Vaters erhalten hatte.

Die kraftvolle Gestalt neben ihm verriet den Indianer von edlem Geblüt. Sein Gesicht und sein fast nackter Körper waren mit weißen und schwarzen Farben bemalt, aus der Skalplocke auf dem sonst kahlgeschorenen Kopf hing nur eine einzige Adlerfeder auf die Schulter herab. Tomahawk und Skalpiermesser steckten in seinem Gürtel, auf den Knien lag seine gute Büchse.

„Ein schönes Fleckchen Erde ist das hier, Chingachgook", wandte sich der Weiße an seinen Begleiter, „ihr Delawaren könnt stolz sein auf euer Land!"

„Uff!" machte der Rote zustimmend, „das Land der Delawaren ist schön, und Chingachgook ist dem Stamme dankbar, daß er den Rest der Mohikaner bei sich aufnahm. In Unkas, meinem Sohne, wird sich das Geschlecht der Häuptlinge fortpflanzen bis in ferne Zukunft, oder es wird mit ihm, dem letzten Mohikaner, untergehen. Der rote Mann kämpft mit Messer und Tomahawk und Pfeil und Bogen gegen die Bleichgesichter, die ihn aus seinem Lande vertrieben, als sie mit Feuerwasser und bleiernen Kugeln über den großen Salzsee kamen. Schritt um Schritt wurden meine Brüder zurückgejagt. Alle Krieger meines Stammes sind in das Reich der Geister hinübergegangen. Übriggeblieben ist Chingachgook, der Häuptling, und Unkas, der Letzte der Mohikaner!"

„Unkas ist hier! Er kommt zu seinem Vater!“ Eine gedämpfte Stimme erscholl neben den beiden Männern im dichten Busch.

Falkenauge griff unwillkürlich nach seinem Gewehr, doch der Indianer blieb unbeweglich sitzen, ohne den Kopf zu wenden. Ein junger Indianer schlüpfte aus dem Dickicht und trat leichtfüßig neben sie an das Ufer des Stromes, wo er sich ebenfalls niederließ. Ein langes Schweigen herrschte, dann wandte sich Chingachgook an den Jungen.

„Unkas ist von Kundschaft zurückgekehrt. Wagen die Maquas ihre Spuren unseren Wäldern einzudrücken?“

„Unkas hat ihre Fährte gefunden. Ihre Zahl ist groß, aber sie haben sich feige verkrochen.“

„Die Diebe liegen auf der Lauer nach Skalpen und Beute unter General Webbs Leuten. Der Franzose schickt seine Späher bereits in unser Lager“, erklärte Falkenauge ernst.

„Uff!“ stieß der Häuptling hervor, „die Maquas sind Hunde, sie bellen, aber beißen nicht. Wir wollen uns stärken durch Essen und Schlafen, und morgen werden wir ihnen zeigen, daß wir Männer sind, die sich nicht vor der Übermacht fürchten!“

Während sie ihre Vorräte an gedörrtem Fleisch aus der Provianttasche nahmen, entging dem geübten Auge des Waldläufers nicht das starke Geweih, das sich hinter einem Busch bewegte. Falkenauge wollte gerade sein Gewehr anlegen, um mit dem feisten Hirsch die Mahlzeit zu bereichern, als ihm Chingachgook die Hand auf die Büchse legte.

„Mein Bruder bedenke, daß der Wald Ohren hat, die nicht hören sollen, daß wir hier lagern!“

Der Jäger sah seinen Fehler ein. „Richtig, Große Schlange, Unkas mag das Wild mit Pfeil und Bogen erlegen!“

Mit einer Handbewegung gebot der Vater Unkas, sein Jagdglück zu versuchen. Im nächsten Augenblick fuhr der Pfeil durch das Gebüsch, und das Tier stürzte nach einigen Sprüngen tot nieder.

„Das war ein Meisterstück!“ lobte Falkenauge den jungen Jäger. Da ließ das plötzliche Geräusch von Hufschlägen die drei Männer aufhorchen. Falkenauge faßte seine Büchse fester und rief den aus dem Waldesdunkel tretenden ersten Reiter an: „Wer ist da?“

„Freunde des Königs“, antwortete der Angerufene. „Wir haben uns verirrt und brauchen einen guten Führer nach Fort William Henry. Wie weit mag es noch sein bis dorthin?“

„William Henry! Mann!“ rief der Jäger lachend. „Wenn Ihr wirklich Freunde des Königs seid, zöget Ihr besser am Fluß entlang zum Fort Edward und legtet Eure Sache General Webb vor!“

Noch ehe der andere darauf antworten konnte, sprengte ein zweiter Reiter heran und zügelte sein ungestümes Roß vor dem Jäger.

„Wie weit ist es von hier nach Fort Edward?“ fragte er aufgeregt und ohne Gruß. „Heute morgen brachen wir von dort auf, doch unser indianischer Führer hat sich im Wald verirrt.“

„Ein Indianer — verirrt?“ brummte Falkenauge vor sich hin, und an den Fremden gewandt, fragte er: „Was ist das für ein Mann? Zu welchem Volk gehört er?“

„Er ist ein Mohawk, doch nicht von Geburt. Er stammt von den Seen Kanadas.“

„Ein Hurone also! Das ist ein diebisches Volk! Es sollte mich wundern, wenn Ihr es nicht noch mit mehreren zu tun bekämet!“

„Der Stamm der Mohawks hat ihn aufgenommen, und er hat uns bisher treu als Läufer gedient“, erwiderte der andere betont.

„Ich habe seinen Namen noch nie gehört, obwohl ich als Kundschafter viel erfahre. Auch Oberst Munro und Major Effinham haben ihn nie erwähnt."

„Major Effinham ist mein Freund", entgegnete der Fremde. „Ich bin Major Heyward vom Sechzigsten Regiment und geleite die Töchter des Obersten Munro von Fort Edward nach William Henry."

„Und Ihr habt einen Huronen zum Führer gewählt? — Nun, dieser Mann gefällt mir nicht. Ich bin Falkenauge. Ihr könnt auf mich bauen. Ich will die Damen sicher zum Fort geleiten!"

„Wird mit Dank angenommen", erwiderte der Offizier und sprang vom Pferd. „Ich fürchte auch, der Schurke hat uns verraten!"

„Das glaube ich auch. Wo ist er? Ich werde ihn mir etwas genauer ansehen müssen!"

„Dort kommt er, hinter den beiden Damen", erklärte ihm der Major. Falkenauge schritt unbefangen auf den Roten zu und musterte ihn lange und eingehend, ehe er ihn zur Rede stellte. Verhaltene Feindseligkeit schoß aus den blitzenden Augen des Indianers, als er den Fragen des Jägers auszuweichen versuchte.

Plötzlich schnellte er wie eine Feder empor und war in den dichten Büschen verschwunden. Wie Windhunde schossen Chingachgook und Unkas, die sich an die Gruppe herangeschlichen hatten, hinter dem Flüchtigen her, der sich in gewandten Sprüngen ihren Nachstellungen entzog. Falkenauge nahm die Büchse hoch, und als der Indianer für einen Augenblick auftauchte, schoß er auf ihn. Der Wilde schien getroffen und stürzte, war aber sogleich wieder auf den Beinen und entschwand den Blicken des Jägers und der beiden Verfolger.

Der Major hatte den Vorgang mit Aufmerksamkeit verfolgt und sprenge ebenfalls in der Richtung davon, die der Indianer eingeschlagen hatte.

„Ist er entwischt?" fragte er den aus dem Walde zurückkommenden Jäger. „Mit dem Pferd könnte ich ihn doch sicher noch erreichen!"

Falkenauge lächelte. „Kann eine Krähe den Adler einholen? Da, seht die Blutstropfen auf den Blättern, er ist getroffen, wenn auch wohl nur leicht verwundet. Es wäre Selbstmord, den Kerl in den Busch zu verfolgen, wo er uns den Tomahawks seiner Gesellen überliefern würde."

„Der Wilde wurde mir als Führer warm empfohlen", erwiderte der Major kleinlaut. „Ich konnte nicht ahnen, daß er ein Verräter ist."

„Er ist kaum ein Verräter an unserer Sache", entgegnete Falkenauge. „Ich habe im Gespräch festgestellt, daß sein Haß allein Oberst Munro gilt, wegen einer Züchtigung für eine Freveltat. Das vergißt eine Rothaut nie! Der einzige Ausweg wird sein, seine Leute auf eine falsche Fährte zu locken."

Als die Gruppe wieder zusammen war, wandte sich Falkenauge an die Mädchen, die den Ereignissen gefolgt waren, ohne die Zusammenhänge zu erkennen.

„Wir haben den listigen Teufel verjagt. Magua ist kein Mohawk, sondern ein Hurone vom Stamme der Mingos, die zu den Franzosen halten. Es werden noch mehr von dieser Sorte hier herumstreichen. Wir wolle alles daransetzen, um Euch aus dieser Falle zu retten."

Heyward versprach für sich und seine Freunde, alles zu tun, was von ihnen gefordert würde. Auf Geheiß des Jägers stiegen alle von ihren Pferden und schritten, die Tiere am Zügel haltend, durch den hereinbrechenden Abend zum Flußbett hinab. Bald standen sie in der Düsternis des Waldes an dem rauschenden Strom.

„Was machen wir mit den Pferden?" murmelte der Jäger vor sich hin und schien zu überlegen.

„Wir lassen sie in den Wald zurücklaufen", riet Heyward.

„Nein, nein!" erwiderte Falkenauge. „Sie würden den Mingos in die Hände fallen und uns verraten. Wir müssen sie irreführen."

Die beiden Indianer schienen die Gedanken des Jägers erraten zu haben. Sie nahmen die Tiere am Zügel und führten sie in das Flußbett hinab. Gleichzeitig zog Falkenauge ein Kanu aus Baumrinde aus einem Versteck hervor und ließ die Frauen, Heyward und den Sänger einsteigen. Er stieß das Boot mit dem Fuß vom Ufer ab und sprang dann selbst in das leichte Fahrzeug. Vom Strom mitgerissen, schoß das Kanu schnell den Fluß hinab. Es gelang dem Jäger, das Boot sicher durch Strudel und hochschäumende Wellen zu steuern und in eine ruhige Bucht einzulaufen, die rings von Felsen umschlossen war.

Im Zwielicht des scheidenden Tages erschienen am Ufer zwei Indianer mit mehreren Pferden. Schon erhob der Major seine Pistole, als ihn Falkenauge, mit lauter Stimme das Tosen des Wassers übertönend, zurückrief: „Halt! Halt! Es sind die Mohikaner mit unseren Pferden! Sie bringen sie hier in Sicherheit."

Er steuerte auf die Gruppe zu, um sich noch einmal mit den Mohikanern zu beraten, die die Pferde im knietiefen Wasser an Sträuchern anbanden. Dort sollten sie die Nacht über bleiben.

Dann hieß er seine Begleiter sich in den vorderen Teil des Bootes setzen und stellte sich selbst aufrecht ans Ende. Mit einem kräftigen Abstoß trieb er das Fahrzeug noch einmal in die wilde Strömung hinein. Und wieder staunten die Insassen über die Kraft und Geschicklichkeit, mit der Falkenauge das Boot sicher durch die gefährlichen Strudel hindurchsteuerte, bis er in einer Bucht auf das felsige Ufer auflief. Erleichtert atmeten die beiden Mädchen auf, als sie den Fuß wieder auf festen Boden setzen konnten.

„Bravo, Falkenauge! Ihr habt es geschafft!" rief der Major aus, als er die schwankenden Bretter verließ.

„Ich muß noch einmal zurück, um meine roten Freunde und den erlegten Hirsch zu holen", erklärte der Jäger und stieß das Boot wieder vom Ufer ab. „Hier seid Ihr in Sicherheit, Freunde!"

Kampf um die Felseninsel

In einiger Ungewißheit blieben die vier Reisenden zurück, bis nach kurzer Zeit das Kanu wieder auftauchte und mit Falkenauge auch die beiden Mohikaner an Land kamen.

„Nun sind wir geborgen, und an Nahrung fehlt es uns auch nicht“, sagte aufmunternd der Jäger, als er zu den Geretteten trat.

„Sind wir sicher, daß uns die Indianer hier nicht finden werden?“ fragte Heyward besorgt.

„Das dürfte ihnen schwerfallen, und wir haben noch nichts Verdächtiges entdecken können. Was der Verräter Magua und seine Gesellen noch für Teufeleien aushecken werden, weiß ich allerdings nicht. Sicher ist, daß wir noch einen harten Kampf mit ihnen auszufechten haben, ehe wir hinter den Wällen von Fort William Henry oder Fort Edward geborgen sind. Es war eben ein Fehler, einem verkappten Huronen Vertrauen zu schenken. Das verdienen nur zwei Stämme, die jetzt miteinander verschmolzen sind: die Delawaren und die Mohikaner."

„Die Delawaren sind ein friedliebendes Volk", sagte der Major beifällig. „Sie haben, wie ich hörte, das Kriegsbeil begraben."

„Sie sind aber deswegen keine Feiglinge, die ehrlichem Kampf ausweichen", verteidigte der junge Jäger seine roten Freunde. Nach einem kurzen Blick des Einverständnisses hoben die beiden Indianer das schwere Wildbret auf und verschwanden mit ihrem weißen Freund lautlos hinter einer Felskante.

Die Zurückgebliebenen bemühten sich, die tiefe Finsternis zu durchdringen. Hatten sie auch Vertrauen zu ihren neuen Führern, so flößte ihnen doch das Unheimliche des Ortes und die Ungewißheit ihres weiteren Schicksals begreifliche Angst ein. Nur der sonderbare Psalmsänger schien gleichgültig gegen alles, was um ihn herum vorging. Er saß auf einem Felsbrocken und gab als einziges Lebenszeichen einige schwere Seufzer von sich, die seine wahre Stimmung verrieten.

Dann erhellte plötzlich ein Lichtschein das Dunkel der Nacht, und gleich einer Fackel loderte ein Feuer aus dürrem Reisig auf. In seinem Schein erkannten sie den Eingang zu einer Höhle.

Alice wandte sich an den Major und machte ihn auf die edle Gestalt des jungen Indianers aufmerksam, die sich vom hellen Eingang der Höhle abhob. Seine straffe Haltung, die Anmut seiner Bewegungen, das stolze Haupt und das kühne Profil veranlaßten sie zu der Bemerkung, daß sie nun keine Furcht mehr habe, sich dem Schutz dieser Männer anzuvertrauen.

Das Gespräch der beiden Menschen, die sich sehr zugetan waren, wurde durch den Ruf des Jägers unterbrochen: „Kommt schnell, Freunde! Das Feuer leuchtet zu hell, es kann uns den Mingos verraten!"

Erleichtert betraten die beiden Mädchen hinter dem vorausgehenden Major die Höhle, gefolgt von dem Sänger. Die geräumige Höhle bildete ein vorzügliches Versteck, und Unkas spannte vor dem Eingang eine Decke aus, so daß kein verräterischer Lichtstrahl mehr ins Freie dringen konnte.

„Wir sitzen hier in einer Falle", meinte der Major, nachdem er sich mißtrauisch umgesehen hatte. „Ein einziger Mann im Eingang beherrscht uns alle mit einer Feuerwaffe."

„Wir sind alte Füchse und haben uns vorgesehen in unserem Bau; hier werden wir so leicht nicht gefangen. Wir haben den Huronen schon manches Schnippchen geschlagen", sagte Falkenauge.

Zur Bekräftigung seiner Worte tauchte Chingachgook am anderen Ende der Höhle auf und zog eine Decke beiseite, die einen zweiten Ausgang freigab, hinter dem die Wasser des Corner-Falls brausend in die Tiefe stürzten.

Falkenauge forderte seine Schützlinge auf, sich zum Abendbrot am Feuer niederzulassen, an dem die Indianer die besten Stücke des Wilde gebraten hatten. Auf Pisangblättern reichte Unkas seinen Gästen das saftige Fleisch, und alle sprachen dem köstlichen Mahl lebhaft zu.

„Wie wird unser Abenteuer weitergehen?" wandte sich der Major an den Jäger.

„Das weiß nur Gott allein. Auf die Dauer können wir uns hier nicht verstecken, und wir wollen froh sein, wenn wir uns morgen heil und gesund auf den Marsch machen können."

Die beiden Mädchen hatten mit leisem Erschrecken zugehört, und Alice schmiegte sich furchtsam in den Arm der älteren Schwester. Falkenauge hatte die in ihren Augen stehende Furcht bemerkt.

„Zur Besorgnis ist kein Anlaß", meinte er, zu ihnen gewandt, „wenn ich auch glaube, daß wir noch zu kämpfen haben werden. Aber vorerst können wir uns hier ganz gut halten, sind auch mit Speise und Trank gut versorgt, und bis dahin, glaube ich, wird Oberst Munro seine Töchter suchen und uns mit seinen Soldaten Hilfe bringen können."

Seine zuversichtlichen Worte verfehlten ihre Wirkung nicht, aber eine drückende Stille blieb in dem Raum, und jeder machte sich Gedanken über ihr weiteres Schicksal.

Da unterbrach plötzlich der Sänger das lähmende Schweigen mit dem Psalm: „Der Herr ist mein Hirte, mir wird nichts mangeln!" Und Ruhe und Zuversicht erfüllten die Herzen, als er seinen Psalm beendet hatte, und alle waren ihm für den Trost und die Ermunterung dankbar.

Der letzte Ton war eben verklungen, da übertönte ein schrecklicher Schrei das Brausen des Wasserfalles. Es war zunächst wie ein Wimmern, dann wie ein Schrei in höchster Not.

„Gräßlich!" sagte der Major. „Ich kann mich nicht erinnern, etwas Ähnliches schon gehört zu haben."

„Chingachgook hat viele Sommer und Winter gesehen und kennt die Tiere des Waldes. Er vernahm ihren Schrei in Angst und Not. Doch solcher Ton ist seinen Ohren fremd."

„Auch ich kenne mich wohl in den Wäldern aus", meinte der Jäger, „aber dergleichen habe ich noch nicht vernommen!"

Unkas, der junge Häuptling, verließ schweigend die Höhle. Als er bald darauf zurückkehrte, fragte Falkenauge den Indianer: „Was hat mein roter Bruder gesehen?"

Doch der schüttelte nur das Haupt. Er hatte auch draußen nichts Beunruhigendes gesehen oder gehört.

„Dann laßt uns schlafen gehen, denn morgen gibt es einen schweren Tag!" schlug Falkenauge vor.

Er wies den Mädchen den hinteren Teil der Höhle als Schlafraum an, wo man ihnen ein weiches Lager gemacht

hatte. Die durch den geheimnisvollen Schrei geängstigten Mädchen baten den Offizier, sie nicht zu verlassen, und unter Hinweis auf die sichere Hilfe ihres Vaters versuchte er ihnen neuen Mut einzuflößen. Da drang der gräßliche Laut zum zweiten Mal in die Stille der Höhle und ließ die Gefährten zusammenschrecken. Falkenauge schlug die Decke beiseite, die den Schlafraum vom anderen Teil der Höhle trennte, und bat den Major, herauszukommen.

„Wir können nicht länger in dem Versteck sitzen, solange diese Schreie zu hören sind. Die Mädchen sind hier sicher, wir werden draußen auf dem Felsen Wache halten", schlug Falkenauge vor.

Sie traten aus der Höhle. Ein leiser Abendwind war aufgekommen, und das Licht des Mondes schimmerte auf dem Wasser. Gleichmäßig rauschten die Wellen. So aufmerksam sie auch das gegenüberliegende Ufer mit den Augen absuchten, es war nichts zu entdecken, was die eigenartigen Töne erklären konnte.

Und wieder ertönte der fürchterliche Schrei. Ratlos sahen sich die Männer an, als sich das letzte Echo in den Wäldern verlor.

Der Major brach ihr Schweigen. „Jetzt weiß ich die Erklärung! Es ist der Angstschrei eines Pferdes in Todesnot! Hier draußen kann ich den Laut genau erkennen."

Erleichtert atmete der Jäger auf. „Nun wissen wir doch, daß wir uns nicht zu fürchten brauchen. Der geheimnisvolle Schrei hat eine natürliche Deutung gefunden. Wölfe werden es sein, vor denen sich die Pferde zu fürchten haben. Unkas, nimm einen Feuerbrand, fahre hinüber und wirf ihn unter die wilden Bestien."

Der Mohikaner eilte zum Boot, hatte aber das Fahrzeug noch nicht erreicht, als ein kläffendes Geheul vom jenseitigen Ufer erklang und sich langsam entfernte. Da kehrte der Indianer zu seinen Gefährten zurück.

„Die Wölfe haben uns gewittert und sich bereits entfernt", stellte der Jäger mit Freude fest, „unsere Tiere sind außer Gefahr. Doch wir wollen unseren Posten hier nicht verlassen, denn unsere Gegner sind hinterhältig."

Die Mädchen legten sich beruhigt zum Schlaf nieder, während der Major am Eingang der Höhle Posten bezog. Auch David Gammut fiel nach den Anstrengungen und Aufregungen des Tages in einen tiefen Schlaf. Falkenauge und die beiden Mohikaner hatten in guter Deckung durch den Felsen Stellungen eingenommen, die es ihnen erlaubten, beide Ufer zu beobachten, und sie ließen ihre Umgebung nicht aus den Augen.

Stunde um Stunde verrann. Auch den Offizier hatte schließlich die Müdigkeit übermannt. Nur die drei Männer kauerten noch unbeweglich und in unermüdlicher Wachsamkeit an ihren Plätzen. Doch nichts war zu hören oder zu sehen, was auf die Nähe des Feindes schließen ließ. Als der Mond untergegangen war und ein leichter Schimmer über den Gipfeln der Bäume schon den nahen Tagesanbruch verkündete, rührte sich der Jäger. Er kroch zu Duncan Heyward hinüber und rüttelte ihn wach.

„Es ist Zeit zum Aufbruch", flüsterte er. „Weckt die Mädchen und haltet Euch bereit, in das Kanu zu steigen, das wir jetzt holen werden."

Heyward entzündete einen Kienspan und trat an das Lager der Mädchen. „Kora, Alice, steht auf! Es beginnt zu tagen, wir wollen den Ort der nächtlichen Schrecken verlassen."

Verwirrt schlug Alice die Augen auf, ihr Blick fiel auf den Major, der sich liebevoll über sie beugte. In diesem Augenblick erscholl ein fürchterliches Geheul, das schaurig in der Höhle widerhallte.

Falkenauge und die beiden Mohikaner verhielten sich ruhig in ihren Stellungen. Nur David Gammut, der erschreckt aus tiefem Schlaf emporgefahren war, sprang plötzlich hoch. Aus den dunklen Büschen am Ufer blitzte es auf. Die Kugeln schlugen an dem Felsen auf und surrten als Querschläger über die Insel hin. Der Sänger warf die Arme hoch und stürzte getroffen nieder, was von der Seite des Ufers mit lautem Triumphgeschrei quittiert wurde. Dann herrschte wieder Stille.

Heyward arbeitete sich zu dem Sänger vor und zog den Bewußtlosen in die schützende Höhle zurück. Während die beiden Indianer auf ihren Posten blieben, kroch der Jäger ebenfalls in die Höhle, um den Verwundeten zu untersuchen.

„Er lebt noch, und ich glaube, er wurde mehr vom Schreck als von einer Kugel zu Boden gestreckt", stellte er fest. „Ein Querschläger hat die Schläfe gestreift, deshalb ist er bewußtlos. Er wird bald wieder zu sich kommen!"

„Mit unserem Aufbruch wird es jetzt wohl nichts mehr?" fragte Heyward den Jäger.

„Nein", antwortete dieser ernst, „dies war erst der Auftakt zu weiteren Teufeleien der Wilden. Es wird noch schlimmer kommen, und wir dürfen Gott danken, wenn wir unseren Skalp noch einige Zeit auf dem Kopf behalten."

„Das ist ja gräßlich!" rief Alice in kindlicher Verzweiflung aus und wandte das tränenfeuchte Gesicht zur Seite.

„Der Wolf, der Blut geleckt hat, ist unersättlich", fügte Falkenauge bitter hinzu. „Doch ich bin nicht mutlos und setze meine ganze Hoffnung auf Oberst Munro. Wenn er zur rechten Zeit eintrifft, sind wir gerettet!"

Die Aussicht auf baldige Hilfe durch die Soldaten ihres Vaters beruhigte die Mädchen ein wenig. Um vor abirrenden Geschossen geschützt zu sein, sollten sie in der Höhle bleiben und sich um Gammut kümmern.

Ein fahler Schein im Osten verkündete den neuen Tag. Der Wald nahm festere Konturen an, immer mehr trat auch das Ufer hervor. Der Wachsamkeit von Falkenauge war eine neue Bewegung nicht entgangen. Er wandte sich an den Major:

„Da, seht! Die Indianer schwimmen im Wasser, dort, wo es über die Felsen stürzt. Sie kämpfen gegen die Strömung an, um das Becken zu gewinnen. Wenn wir Pech haben, erreichen sie unbehelligt die Spitze der Insel."

Deutlich waren die Köpfe von sechs Indianern zu erkennen, die sich einigen am Rande der Klippe festgeklemmten Treibholzstämmen näherten. Von dort mochte es nicht mehr schwer sein, auf die Insel zu gelangen. Im nächsten Augenblick erschien am Rande des Wasserfalls noch ein weiterer Schwimmer, der mit allen Kräften gegen die starke Strömung ankämpfte. Mit aufgehobenen Armen verschwand er plötzlich in dem gefährlichen Strudel. Ein wilder Aufschrei begleitete seinen Sturz in die Tiefe.

„Eine Ladung Pulver und eine Kugel haben wir gespart", meinte der Jäger kaltblütig, indem er an seine Büchse mit dem langen Lauf schlug, den gefürchteten „Wildtöter", wie sie genannt wurde. „Die anderen werden unsere Kugeln zu spüren bekommen. Der Tanz kann beginnen!"

Nachdem alle ihre Waffen schußbereit gemacht hatten, nahm der Jäger zwei Finger in den Mund und ließ einen gellenden Pfiff ertönen. Seine List hatte den gewünschten Erfolg, denn kaum war der erste schrille Ton verhallt, da tauchten sechs schwarze Köpfe hinter den Treibholzstämmen auf. Im gleichen Augenblick krachte ein Schuß aus des Jägers Büchse, und mit einem gurgelnden Schrei versank der getroffene Gegner. Mit einem unheimlichen Rachegeschrei erhoben sich nun die fünf Mingos hinter ihrer Deckung und stürzten wie wild auf die Insel zu.

Der vorderste Angreifer wurde durch einen sicheren Schuß aus der Büchse Chingachgooks niedergestreckt, zwei weitere fielen den Pistolen des Majors und des Jägers zum Opfer. Ein Schlachtbeil fuhr an Falkenauge vorbei und klirrte gegen den Felsen, und mit gezogenem Messer drang eine Rothaut auf ihn ein. Mit eiserner Kraft umklammerte der Jäger das Handgelenk des Wilden. Ein hartes Handgemenge begann, bis ein fester Tritt den Roten zu Fall brachte und ihm Falkenauge das Messer ins Herz stieß.

Unterdessen kämpfte Heyward mit einem nicht weniger gefährlichen Gegner. In wildem Ringen versuchte jeder den anderen von der Plattform in den Abgrund zu stürzen. Schon spürte Heyward den Griff des Indianers an seiner Kehle und fühlte seine Kräfte erlahmen, als in höchster Not Unkas hinzusprang und den bereits zum Stoß erhobenen Arm des Mingos auffing. Vom Messer des jungen Mohikaners getroffen, gab der Mingo sein Opfer frei und rollte den Felsen hinab ins Wasser.

Die Angreifer waren überwunden, das Triumphgeschrei der beiden Mohikaner verkündete den noch am Ufer liegenden Mingos die Niederlage. Mit schnellen Sprüngen suchten die Verteidiger die schützende Deckung des Felsens auf. Eine Salve aus den Büchsen der noch im Ufergebüsch versteckten Indianer konnte ihnen nichts mehr anhaben.

Nach dieser Abfuhr schien den Roten vorerst die weitere Lust zu neuen Angriffen vergangen zu sein.

„Sie haben Respekt vor uns bekommen", meinte Falkenauge zu dem neben ihm liegenden Major. „Aber es war ein harter Strauß!"

„Er hätte bald mein Leben gekostet", fügte Heyward hinzu, „der Mingo war stärker als ich, und wäre nicht Unkas hinzugekommen . . . Er hat mir das Leben gerettet!" Dankbar drückte der Offizier dem jungen Mohikaner die Hand.

Das Geräusch einer Kugel, die dicht an Heyward vorbei gegen den Felsen schlug, ließ sie auffahren. Der Jäger griff nach dem Metall, das vor dem Major auf dem Boden lag, und untersuchte es kopfschüttelnd. Trotz der Deckung hatte das Geschoß den Weg zu ihnen gefunden. Es war platt und konnte nur von einem direkten Schuß herrühren.

Sie suchten das gegenüberliegende Gelände ab, und Unkas zeigte mit der Büchse nach oben. Im Geäst einer großen Eiche, die etwas entfernter stand, saß ein Indianer, der den Schuß abgegeben hatte und eben dabei war, seine Büchse aufs neue zu laden. Falkenauge rief auch Chingachgook an seine Seite, und sie beratschlagten, wie sie sich des gefährlichen Burschen entledigen könnten.

Der Indianer hatte indessen noch mehrmals geschossen, eine Kugel hatte den Major am Arm gestreift und ihn leicht verwundet. Einen Augenblick lang waren die Beine des Wilden in dem Laubwerk sichtbar, und die beiden Mohikaner konnten zwei wohlgezielte Schüsse abgeben.

Er schien getroffen, denn zusammensinkend gab er auch den Oberkörper ihren Blicken preis. Diesen Vorteil ausnutzend, feuerte Falkenauge seine Meisterbüchse ab. Krachend fiel das Gewehr des Wilden durch das Geäst des Baumes. Nun wurde auch der Schütze selbst ganz sichtbar, mit einer Hand umklammerte er einen Ast und hing freischwebend in der Luft. Die Kräfte verließen ihn mehr und mehr, stürzte er, würde er auf dem felsigen Gestein aufschlagen.

Falkenauge war, wie auch alle anderen, diesem Ringen mit dem Tode mit Anteilnahme gefolgt, er sah die Angst, die das Antlitz des Todgeweihten verzerrte. In einer barmherzigen Regung erhob er die Büchse, und die erlösende

Kugel traf den Indianer mitten ins Herz. Er stürzte in die Tiefe, aber den Aufschlag spürte er nicht mehr.

„Das war die letzte Kugel aus meiner Tasche", sagte Falkenauge, „Unkas, geh hinab zu dem Kanu und hole das große Pulverhorn, wir werden den Rest noch brauchen können!"

Der junge Mohikaner eilte zum Fluß hinab, wo das Boot befestigt war. Ein gellender Schrei verkündete neues Unheil. In einiger Entfernung von dem Felsen trieb das kleine Kanu durch den Strudel des Stromes, und es schien eine unsichtbare Macht am Werke zu sein, die es sicher durch die Stromschnellen steuerte. Plötzlich wurde der Kopf eines Indianers sichtbar, der das Boot mit kräftigen Ruderschlägen in der Strömung hielt.

Falkenauge wollte die Büchse hochnehmen, doch betrübt mußte er sie wieder senken, er hatte weder Pulver noch Kugel.

„Es ist zu spät!" rief er aus. „Der Schurke hat die Strömung gewonnen, das Boot ist verloren!"

Der waghalsige Hurone erhob sich jetzt im Boot und brach in einen lauten Jubelschrei aus, der mit Triumphgeheul aus dem Walde beantwortet wurde.

„Das ist ein schwerer Schlag", sagte Falkenauge betrübt zu Heyward, „drei gute Büchsen sind nun wertlos und nicht zu gebrauchen!"

„Ich sehe keine Feinde mehr", meinte der Major, „vielleicht lassen sie uns jetzt in Ruhe. Und wenn sie kommen, müssen wir eben die Höhle bis zum letzten Atemzuge verteidigen."

„In einer Stunde schon können sie uns umzingelt haben, dann sitzen wir wie die Maus in der Falle."

„Je langsamer sie vorgehen, desto eher können wir auf die Hilfe von Oberst Munro rechnen", bemerkte Heyward. „Wir wollen das Beste hoffen — um der Mädchen willen!"

So verging der Tag in banger Erwartung ohne weitere Angriffe der Mingos, aber auch ohne greifbare Aussicht auf baldige Hilfe. Falkenauge beriet sich mit Chingachgook, als Kora Munro mit besorgter Miene zu ihnen trat.

„Der Weg zu Lande ist uns versperrt", stellte Falkenauge fest, „doch ein Weg steht uns offen: durch das Wasser! In dem wilden Strom würden wir den Mingos bald entkommen. Aber dorthin können uns die Mädchen nicht folgen — also bleiben auch wir hier!"

„Rettet Euch durch den Strom!" forderte Kora. „Warum wollt Ihr die Opfer der Mingos sinnlos vermehren? Rettet Euch und sagt Oberst Munro, unserem Vater, daß Ihr uns mit dem Auftrag verlassen habt, eiligst Hilfe zu holen! Geht und sagt unserem Vater, daß die Mingos seine Töchter in ihre Dörfer schleppen werden, daß sie aber mit Eile und Geschick noch gerettet werden können!"

Falkenauge dachte nach, ein Zucken ging über die harten, verwitterten Züge seines Antlitzes.

„Wahrhaftig, es ist Vernunft in diesen Worten", stimmte er Kora bei. „Chingachgook, Unkas, was sagt ihr dazu?"

„Die weiße Squaw ist jung an Jahren, aber reich an Weisheit", begann der Häuptling mit Würde, „was sie sagt, ist wahr und gut! Denn unser Tod wäre auch das Ende der Schwestern. Entkommen wir aber den blutigen Hunden, können wir Hilfe bringen."

„Wohlan denn, so wollen wir versuchen, so schnell wie möglich Oberst Munro zu erreichen, um ihm die Botschaft seiner Töchter zu bringen", schloß der Jäger diese entscheidende Unterredung. Er verabschiedete sich bewegt von den Schwestern und gab ihnen Rat und Trost:

„Sie werden Euch bald entdecken, aber ich glaube nicht, daß sie Euch ein Leid zufügen werden. Wenn sie Euch mitnehmen in ihre Dörfer, knickt eifrig Zweige und drückt Eure Fußspuren fest in weiches Erdreich ein. Wir werden Euch folgen, um Euch zu retten, und sollte es bis ans Ende der Welt sein! Haltet Euch tapfer und seid voller Hoffnung!"

Es kostete Falkenauge Überwindung, die Gefährten zu verlassen. Doch als er sah, daß Chingachgook vorauseilte, um sich dem rettenden Strom anzuvertrauen, sprang er ihm nach. Auch Unkas stürzte sich in die schäumende Flut, die ihn schnell davontrug.

Kora trat auf Heyward zu, der dem Geschehen bisher teilnahmslos gefolgt war. „Ich weiß, Duncan", sagte sie, „daß Sie gut schwimmen können. Folgen Sie diesen treuen Männern nach!"

„Ist das die Treue, die von mir erwartet werden kann?" fragte er. „Ihr wollt mich fortschicken? Das kann Euer Ernst nicht sein!"

Das Mädchen machte eine abwehrende Bewegung mit der Hand. „Für Spitzfindigkeiten ist unsere Lage zu ernst. Wenn Sie bleiben, Duncan Heyward, werden Sie mit uns Ihr Leben lassen müssen, ohne uns helfen zu können. Das ist ein nutzloses Opfer!" Heywards Blick fiel auf Alice, das Mädchen, das er liebte und das sich nun hilfesuchend an ihn schmiegte. Da wußte er, was er zu tun hatte. Er würde kämpfen bis zum letzten Atemzuge.

So blieben Heyward und der Sänger bei den Mädchen, die sich wieder in den schützenden Hintergrund der Höhle zurückzogen. Die Nacht verging, ohne daß Heyward irgendein verdächtiges Geräusch vernahm. Die frische Morgenluft drang in ihr Versteck und weckte die Schläfer.

Aus den Resten des Wildbrets bereiteten sie sich ein schmackhaftes Frühstück und tranken Tee dazu, der ihre Lebensgeister wieder weckte. David Gammut, der sich von seiner Verwundung einigermaßen erholt hatte, nahm sein Psalmbuch aus der Tasche und sang mit schwacher Stimme ein geistliches Lied.

Da wurde plötzlich die schöne Melodie übertönt von einem wüsten Geschrei aus vielen Indianerkehlen. Schritte waren zu hören, die nur wenig von der Höhle entfernt sein konnten. Nach einer Zeit ängstlichen Wartens trat vollkommene Ruhe ein, und die Insassen der Höhle glaubten schon, die Gefahr sei vorüber, als die Decke am Eingang der Höhle zurückgeschlagen wurde. Mit Schrecken erkannten sie Magua, den treulosen Führer, der einige Zeit benötigte, um im Halbdunkel der Höhle etwas sehen zu können. Heyward hob seine Pistole und schoß, der laute Knall ließ die Höhle erdröhnen, und als sich der Rauch verzogen hatte, war die Stelle leer, an der der Verräter gestanden hatte.

Heyward sah den Indianer, von dem er nicht wußte, ob er ihn in der Aufregung des schnellen Schusses getroffen hatte, um einen Felsvorsprung verschwinden, dann trat eine unheimliche Stille ein.

Da erhob Magua ein lautes Geschrei, das von allen Seiten mit fürchterlichem Geheul beantwortet wurde. Immer näher kam das Getrappel vieler Indianerfüße, ein wilder Schwarm stob in die Höhle hinein und bemächtigte sich der vier Weißen, die dieser Übermacht keinen Widerstand leisten konnten. Die Indianer schleppten ihre Gefangenen ins Freie, triumphierend standen die Mingos im Kreis um ihre Beute. Dann gingen sie daran, die Höhle zu durchsuchen, schienen aber nicht zu finden, wonach sie so begierig forschten. Magua, der verräterische Führer, trat zu den Gefangenen.

„Die Bleichgesichter sind jetzt in der Hand Maguas, des großen Häuptlings der Huronen", begann er mit prahlerischen Worten. „Das Grauhaupt im festen Wigwam, den die Weißen William Henry nennen, hat Magua einst geschlagen und geschändet. Nun sind seine Töchter in Maguas Gewalt!"

„Magua ist ein großer Krieger und Häuptling!" schmeichelte Heyward dem Indianer. „Er wird den wehrlosen Gefangenen sagen, was er mit ihnen zu tun gedenkt."

„Die Krieger der Mingos fragen nach dem großen Jäger", fuhr Magua fort, „sie nennen ihn die ‚Lange Büchse'. Weiß der bleiche Mann, wo der Jäger ist?"

„Er ist fort", antwortete der Major schnell.

Magua schüttelte ungläubig den Kopf. „Haben die Geschosse der roten Krieger sein Leben beendet? Dann zeigt mir, wo er liegt, damit wir seinen Skalp holen."

„Der große Jäger ‚Falkenauge' ist nicht tot, er ist entronnen!" entgegnete Heyward.

„Ist er ein Vogel oder ein Fisch? Der weiße Häuptling hält die Huronen für Narren. Er wird sagen, wo er sich verborgen hat, oder Magua wird ihm die Zunge lösen!"

„Die ‚Lange Büchse' ist kein Fisch, aber der Jäger kann schwimmen. Er schwamm den Fluß hinab."

„Können die Delawaren ebenso gut schwimmen? Wo ist die ‚Große Schlange' und wo der ‚Flinke Hirsch'?„

„Wenn du die beiden Mohikaner meinst — auch sie sind den Fluß hinabgeschwommen."

Die umherstehenden Indianer hatten das Gespräch in Ruhe angehört; als ihnen nun Magua die Unterhaltung verdolmetschte und sie von der gelungenen Flucht erfuhren, erhoben sie ein wütendes Geschrei und stürzten an den Fluß hinunter.

Heyward fürchtete, daß sich ihre ohnmächtige Wut nun gegen ihre Gefangenen richten würde, sah aber zu seiner Beruhigung, daß der Häuptling seine Krieger zu einer Beratung zusammenrief. Man schien auf baldigen Aufbruch zu drängen.

Einige Indianer brachten das erbeutete Kanu zu Wasser, dann gebot der Häuptling den Gefangenen, in das Boot zu steigen. Heyward hatte eingesehen, daß jeder Widerstand zwecklos war, und kletterte in das Kanu. Ihm folgten die beiden Mädchen und der immer noch recht verblüffte David Gammut. Mit viel Geschick brachte der indianische Steuermann das Boot an das andere Ufer und schließlich

an die Stelle, wo sie die Pferde zurückgelassen hatten. Der Anführer der Mingos bestieg Heywards Pferd und verschwand mit dem größeren Teil seiner Krieger im Wald. Nur sechs Mann blieben unter der Führung Maguas bei den Gefangenen zurück. Mit fieberhafter Eile wurde der Aufbruch betrieben. Man fühlte sich wegen der Nähe der englischen Truppen nicht mehr sicher.

Die Mädchen mußten die Pferde besteigen, auch der schwerfällige Gammut kletterte in den Sattel seines Falben, während der Major den Marsch zu Fuß machen mußte. Dann setzte sich die kleine Gruppe nach Süden in Bewegung. Magua voran. Ihm folgten die beiden Reiterinnen, an ihrer Seite der Offizier, den Beschluß bildete der Sänger. Rechts und links hinter ihnen schwärmten die indianischen Bewacher aus.

Die anfängliche Hoffnung Heywards, den Franzosen ausgeliefert zu werden, schwand bald, als er die eingeschlagene Richtung erkannte. Man hatte offenbar etwas anderes mit den Gefangenen vor. Um hierüber Gewißheit zu erhalten, beschloß der Major, den Häuptling auszuhorchen. Er beschleunigte seine Schritte und war bald neben dem Indianer.

Möglichst freundschaftlich versuchte er mit ihm ins Gespräch zu kommen. „Mein roter Bruder Magua trägt den Namen ‚Listiger Fuchs' mit Recht, und wir sind ihm zu großem Dank verpflichtet. Meine Worte sind nur für das Ohr des großen Häuptlings bestimmt."

„Die Ohren des Häuptlings stehen ihm offen!"

Heyward merkte, daß er mit seinen geheimnisvollen Andeutungen die Neugier des Indianers geweckt hatte, und fuhr fort: „Ich preise Maguas Schlauheit und Freundschaft und weiß wohl zu würdigen, was er für uns getan hat. Ich werde mich daran erinnern, wenn die Zeit gekommen ist, ihn hoch zu belohnen."

Magua wußte nicht recht, wie er die Worte des Weißen deuten sollte, auf seinen Mienen lag ebensoviel Neugier wie Mißtrauen.

„Was hat Magua Gutes für die Bleichgesichter getan?" fragte er argwöhnisch.

„Das weiß der Häuptling doch besser als ich!" rief Heyward mit gespieltem Erstaunen aus. „Aber ich will es ihm selbst sagen, damit er weiß, wofür ich ihm zu danken habe. Listiger Fuchs erkannte, daß die Wälder, durch die er uns führen wollte, voller Feinde waren. Er verlor den Pfad, um die Huronen zu täuschen, die ihn aus ihrem Stamm ausgestoßen hatten. Als er dann doch wieder mit ihnen zusammentraf, täuschte er sie mit List und Schlauheit. Er ließ sie glauben, daß er zum Stamm zurückkehren wolle, und kam nicht mit leeren Händen, sondern brachte ihnen die Gefangenen. Jetzt hat er sich von der Hauptmacht getrennt und ist auf dem Weg, um dem reichen Vater die Töchter wiederzugeben. Der Befehlshaber von William Henry wird ihn für seinen Dienst reich belohnen. Magua wird Gold haben, so viel er will!"

„Was wird der junge Häuptling geben?" fragte der Indianer.

„Ich will das Feuerwasser in Maguas Wigwam schneller fließen lassen, als der Hudson strömt!"

„Uff!" rief der Indianer aus, „Magua ist ein weiser Häuptling. Geh und verschließe deinen Mund. Magua wird nachdenken und antworten, wenn es Zeit ist!"

Heyward nahm die Hoffnung mit, daß allein die Aussicht auf Lösegeld den Häuptling bewegen könnte, die Gefangenen freizugeben. Schweigend bewegte sich der Zug weiter durch die Wildnis. Doch Heyward wartete vergeblich auf den Augenblick, daß der Mingo die Richtung ändern würde, um zu dem nördlich gelegenen Fort William Henry zu gelangen, und begann an der Wirkung seiner Worte zu zweifeln.

Indessen hatte Kora nichts unterlassen, um den Weg zu kennzeichnen, den sie zogen. Hier und da knickte sie einen Zweig und streute abgerissene Blätter auf den Weg, bis einer der sie bewachenden Indianer ihre Absicht erkannte und ihr ein weiteres Zeichengeben unmöglich machte.

Dann lichtete sich der Wald. Durch ein grünes Tal, das von einem kleinen Flüßchen durchzogen wurde, stiegen sie auf den jenseitigen Hügel. Die Mädchen und der Sänger mußten absteigen und die Pferde am Halfter führen, um auf die Höhe des kleinen Plateaus zu gelangen, wo sich die Gruppe zur Ruhe niederließ.

Der rachsüchtige Huronenhäuptling

Die Pferde wurden abgesattelt und konnten an den saftigen Büschen weiden, die Indianer zerlegten ein Stück Wild, das sie unterwegs erlegt hatten. Magua hatte sich abseits niedergelassen und schien in Gedanken versunken. Noch einmal versuchte der Major, ihn zu überreden.

„Hat mein Freund Magua noch nicht lange genug die Richtung nach Mittag verfolgt, um die Huronen zu täuschen?“ begann er. „Er möge umkehren, damit uns der Abend nicht überrascht. Dem Graubart im Fort wird es nicht angenehm sein, seine Töchter noch eine Nacht in der Wildnis zu wissen. Seine Belohnung könnte dadurch geringer werden.“

„Liebt der Häuptling des festen Wigwams seine Kinder am Morgen weniger als am Abend?“ fragte der listige Indianer.

„Er wird sich freuen, wenn er seine Töchter noch heute abend in seine Arme schließen darf, und wird seine Hand weit auftun, um den Häuptling reich zu belohnen", erwiderte Heyward.

„Ist das Herz des weißen Graubarts so weich? Magua sagt, er hat ein Herz von Stein, denn sein Blick ist kalt. Er hatte kein Mitleid mit Magua, als er ihn schmachvoll entehrte!"

Der Indianer starrte vor sich hin, unergründlich waren die Gedanken hinter der roten Stirn. Plötzlich fuhr er auf. „Geh!" rief er. „Geh, weißer Krieger, und rufe das schwarzlockige Mädchen!"

Duncan Heyward mochte annehmen, daß sich der schlaue Fuchs auch durch Kora der versprochenen Gaben versichern wolle, und holte das Mädchen herbei. Magua erhob sich langsam von seinem Sitz. Unbeweglich blieb er stehen, und sein stechender Blick schien dem Mädchen bis ins Herz zu gehen. Mit einer Handbewegung gab er Heyward ein Zeichen, sich zurückzuziehen.

Als er gegangen war, fragte Kora: „Was will Magua die Tochter Munros fragen?"

„Höre!" sagte der Indianer und versuchte seine Hand auf ihren Arm zu legen, den sie ihm geschickt entzog. „Magua wurde als Häuptling unter den Huronen geboren, er lebte zwanzig Sommer lang glücklich, bis er ein Blaßgesicht sah. Dann kamen die Weißen mit ihrem Feuerwasser in die Wälder und gaben ihm zu trinken. Er wurde ein Bösewicht und zu einem reißenden Tier. Die Huronen vertrieben ihn von den Gräbern seiner Väter, und er rannte an die Ufer der Seen hinab. Hier wurde der Häuptling, der als Hurone geboren war, ein Krieger unter den Mohawks. Das Gift der Bleichgesichter ist der Tod des roten Mannes. Ich habe gesprochen!"

„Ich bin nicht verantwortlich für die Taten schlechter Menschen", entgegnete das Mädchen mit Würde. „Es gibt Gute und Böse unter den Bleichgesichtern und unter den Roten . . ."

„Höre!“ wiederholte der Indianer, der eine Weile nachdenklich geschwiegen hatte. „Der Stamm der Mohawks, dem ich diente, kämpfte mit den Engländern gegen die Franzosen. Dein Vater war der große Anführer. Er machte ein Gesetz, das den Indianern das Trinken von Feuerwasser verbot. Doch Magua konnte nicht leben ohne die süße Milch. Er wurde vor den Graukopf gebracht und vor allen Kriegern gebunden und ausgepeitscht.“

„Er übte Gerechtigkeit und bestrafte einen Schuldigen“, erwiderte das Mädchen. „Wenn dir mein Vater Unrecht antat, so zeige ihm, daß auch ein Indianer vergeben kann, und bring ihm seine Töchter zurück. Major Heyward hat dir gesagt, daß wir dich reich belohnen werden.“

„Magua denkt anders als das schwarzlockige Mädchen“, entgegnete der Indianer rauh. „Er vergilt Gutes mit Gutem, aber Böses mit Bösem! Doch will der Häuptling der weißen Lilie einen Vorschlag machen. Als Magua sein Volk verließ, wurde sein Weib einem anderen Häuptling gegeben. Er hat jetzt wieder Freunde unter den Huronen und will zu ihnen zurückkehren. Die Tochter des Graukopfs soll in seinem Wigwam wohnen.“

Empörung loderte in Kora auf, doch sie verstand es, sich zu beherrschen, und antwortete ruhig und gelassen:

„Magua hätte keine Freude, seine Hütte mit einem Weibe zu teilen, das er nicht lieben kann. Seine Haut ist rot, meine ist weiß. Es wäre besser, er nähme Munros Geschenke an, um ein Huronenmädchen zu erwerben, schön wie die Morgenröte und fleißig wie eine Biene.“

Ein stechender Blick traf das Mädchen. „Als die Hiebe auf dem Rücken Maguas brannten, wußte er, wo er das Weib suchen mußte, das für die Stunde des Vaters büßen sollte. Die Tochter Munros sollte sein Wasser schöpfen und sein Wildbret kochen!“

„Ungeheuer!“ rief die entrüstete Kora. „Das hat dir der böse Geist eingegeben!“

Ein teuflisches Lächeln war die Antwort Maguas. Das Mädchen wandte sich ab und ging zurück. Ihre Sache schien verloren, und große Mutlosigkeit bemächtigte sich ihrer.

Magua trat zu seinen Kriegern. Zunächst ruhig und bedächtig sprechend, erhob er seine Stimme immer mehr und steigerte sich in einen leidenschaftlichen Haßausbruch gegen die gefangenen Bleichgesichter.

„Durch Maguas List und Schlauheit sind seine größten Feinde in seine Hand gegeben. Sollen die Weiber mit Fingern auf uns zeigen, wenn wir die nicht bestrafen, die ihre Männer erschlagen haben? Sollen wir heimkehren ohne den Skalp der Feinde?"

Seine Stimme ging unter in dem Rachegeschrei der Wilden. Auf einen Wink sprangen sie auf und stürzten mit gezückten Messern und erhobenen Tomahawks auf die Gefangenen. Heyward stellte sich zwischen die Schwestern und die herankommenden Indianer. Es gelang ihm, die ersten Angreifer abzuschütteln, doch der Wehrlose war bald überwältigt und gebunden. Auch der Sänger wehrte sich mit dem Mute der Verzweiflung, ehe sie ihn binden konnten.

Alle Gefangenen, auch die Mädchen, wurden schließlich an Bäume gefesselt, und die Wilden trafen ihre Vorbereitungen, um die armen Opfer zu martern. Einige suchten Äste zusammen, um einen Holzstoß zu errichten, einer schnitzte Splitter, um sie den Gefangenen brennend ins Fleisch zu stoßen, andere bogen zwei junge Fichten zusammen und banden sie fest. Heyward wußte, was das bedeutete. Man wollte ihn zuletzt mit den Armen an die Bäume binden und diese in die Höhe schnellen lassen.

Magua näherte sich Kora und malte ihr die bevorstehenden Qualen in schrecklichen Schilderungen aus. Es liege in ihrer Hand, die Gefährten zu retten, wenn sie auf den Vorschlag eingehe und ihm in seinen Wigwam folge.

„Kora, was will der Hurone?" fragte Alice mit zitternder Stimme. Einige Augenblicke ruhten die Augen der Schwestern ineinander, dann antwortete Kora: „Er bietet uns das Leben, wenn ich sein Weib werde."

„Nein, Schwester, nicht! Um Gottes willen nicht!" stieß Alice weinend hervor. „Lieber wollen wir gemeinsam sterben!"

„So stirb!" schrie Magua und warf wütend seinen Tomahawk gegen Alice Munro. Knapp über ihrem Kopf schlug das Beil in den Stamm. Der Fehlwurf reizte die Wut der Huronen noch mehr. Ein zweiter Indianer erhob die blitzende Waffe gegen das wehrlose Mädchen, da gelang es dem verzweifelten Heyward, seine Fesseln zu zerreißen und dem Wilden so rechtzeitig in den Arm zu springen, daß sein Beil ohne Schwung auf den Boden schlug.

Ein wilder Kampf begann. Ringend fielen die beiden Gegner zu Boden, der nackte Oberkörper des Indianers bot Heyward keinen richtigen Halt zum Zufassen. Er entschlüpfte ihm und drückte ihn selbst mit dem Knie auf die Erde, bereit, ihm das Messer in die Brust zu stoßen. Da ertönte der scharfe Knall einer Büchse, und Heyward fühlte die Kraft des Wilden nachlassen. Mit kurzem Röcheln sank dieser neben ihm ins Gras.

Bestürzt schauten die Huronen auf. Ihre Unvorsichtigkeit, keine Wachen ausgestellt zu haben, wurde ihnen zum Verhängnis. Falkenauge und Chingachgook stürmten auf die Plattform, gefolgt von Unkas. Ein erbitterter Kampf begann, ein Ringen Mann gegen Mann. Auch Heyward hatte sich in den Kampf geworfen.

Einer der Wilden hatte die wehrlose Kora erblickt. Mit teuflischem Geheul sprang er auf das Mädchen zu und schleuderte das Kriegsbeil, das sie eben an der Schulter streifte und die Fesseln durchschnitt, mit denen sie an den Baum gebunden war. Da ergriff der Wilde ihr Haar und zückte das Messer, um sie zu skalpieren. Unkas hatte sich gerade eines Gegners entledigt, als er die furchtbare Szene sah. Mit aller Kraft sprang er den Huronen an und stieß ihm das Messer in die Brust.

Nur noch ein letzter Gegner war übrig: Magua. Verzweifelt kämpfte er mit Chingachgook. Endlich gelang es dem Mohikaner, seinen Gegner mit dem Messer zu treffen. Magua ließ Chingachgook plötzlich los und sank wie ein Toter zurück. Chingachgook sprang auf und stieß einen Siegesschrei aus.

Doch im gleichen Augenblick ließ sich der Hurone über den Rand des Abgrundes rollen und verschwand mit einem langen Sprung im Dickicht des niedrigen Buschwaldes. Die Mohikaner versuchten ihn zu verfolgen, aber der Jäger rief sie mit einem schrillen Pfiff zurück.

„Das sieht dem listigen Schurken ähnlich!" rief er. „Hat ein zähes Leben wie eine Wildkatze. Aber ihn jetzt zu verfolgen, ist unklug. Wir müssen schnellstens hier aufbrechen!"

Sie sammelten die eroberten Waffen der Huronen und fingen die Pferde wieder ein, die in den Büschen weideten. Die Schwestern und der Singmeister saßen auf, und die kleine Gruppe setzte sich in Marsch, dem Jäger folgend, der die Führung übernommen hatte. Sie erreichten bald ein kleines Tal mit grünen Matten, und unter zwei riesigen Eichen ließen sie sich zur Rast nieder.

Falkenauge und seine Freunde schienen den Platz genau zu kennen, sie scharrten das Laub von der bläulichen Tonerde, bis eine reine Quelle hervorsprudelte. Aus den Resten des von den Huronen erbeuteten Wildbrets bereiteten sie sich an einem kleinen Feuer eine Mahlzeit und tranken dazu von der klaren Quelle.

Heyward und seine Begleiterinnen dankten den drei Männern immer wieder für ihre wunderbare Rettung aus höchster Not und ließen sich schildern, wie der Jäger und seine Freunde wieder auf ihre Spur gestoßen waren.

„Wenn wir ganz dem Flusse nachgegangen wären, um erst Hilfe aus dem Fort zu holen", erzählte der Jäger, „so wäre es zu spät geworden, um Euren Skalp zu retten. Wir blieben im Hinterhalt am Ufer verborgen und beobachteten die Bewegung der Huronen."

„So habt Ihr alles gesehen, was mit uns vorging?" fragte Heyward.

„Keineswegs", antwortete Falkenauge, „aber aus dem Geschrei der Wilden konnten wir entnehmen, daß sie Euch entdeckt und gefangengenommen hatten. Als wir sahen, daß die Hauptmacht der Huronen in anderer Richtung abzog und nur wenige Krieger mit den Gefangenen südwärts marschierten, sind wir den Zeichen und Spuren gefolgt und kamen nicht einen Augenblick zu spät, um Euch aus ihren Klauen zu befreien."

Während des weiteren Marsches beobachtete der Jäger aufmerksam den Weg nach Spuren, doch schien er nichts Verdächtiges wahrzunehmen. Als sich die Sonne im Westen senkte und die Dämmerung hereinbrach, machte er nahe einer kleinen Lichtung halt. Ein verfallenes Blockhaus am Rande des Rasenplatzes hatte er als Nachtlager vorgesehen.

Heyward äußerte Bedenken, in dem Haus zu übernachten, das sicher auch den Huronen bekannt sein mußte. Doch der Jäger konnte seine Befürchtungen zerstreuen.

„Es sind nur noch wenige am Leben, die von diesem Blockhaus wissen", erzählte er. „Ich war damals noch ein junger Bursche, als ich mit den Delawaren auszog. Vierzig Tage und Nächte lagen die Huronen, nach unserem Blute dürstend, um dieses Haus, bis wir die Zahl der Belagerer so vermindert hatten, daß wir einen Ausfall wagen konnten. Und keiner der Feinde entkam."

Die Morgendämmerung zog eben herauf, als die Gesellschaft das Blockhaus verließ, das ihr kurze Stunden der Erholung gegeben hatte. Der Jäger setzte sich wieder an die Spitze des Zuges und verfolgte den Weg mit der Sicherheit eines Waldläufers, der in den weiten Wäldern zu Haus ist und die Zeichen der Natur zu lesen versteht.

Falkenauge wich von der bisherigen Richtung ab und wandte sich aufwärts gegen die Berge. Es ging über felsigen Grund, der mit größeren und kleineren Blöcken übersät war, über schmale Grate und durch enge Schluchten. Zuletzt führte ihr Weg steil bergan, und nach einem beschwerlichen Aufstieg erreichten sie schließlich den Kamm des Bergrückens.

Er erhob sich tausend Fuß über der Niederung. Vor ihnen wand sich in großen Bogen ein Fluß, der Horikan. Nach Norden hin lag ein stiller See, und an seinen Ufern dehnten sich die Erdwälle und Gebäude des Forts William Henry aus. Die Bäume vor den Festungswerken waren abgeholzt, und deutlich konnte man die Schildwachen sehen.

Das Vorgelände schien von den Truppen General Montcalms völlig besetzt zu sein, und weiter westlich war ein großes Zeltlager der Indianer zu sehen. Hier warteten die roten Verbündeten der Franzosen, die Huronen und die anderen Stämme des Seegebiets, auf den Befehl zum Angriff auf das Fort.

„Das Fort ist tatsächlich eingeschlossen", bemerkte Major Heyward mit erregter Stimme. „Gibt es gar keinen Weg, hineinzukommen? Lieber in der Festung belagert sein, als noch einmal den herumschwärmenden Indianern in die Finger fallen!"

„Wenn ich nur eines der vielen Boote hätte, die am Ufer des Sees liegen, dann wollte ich schon hineinkommen! — Doch da kommt Nebel auf. Er wird bald das ganze Tal durchziehen und uns Schutz bieten", meinte Falkenauge.

Der Jäger setzte sich wieder an die Spitze und eilte vorsichtig den steilen Abhang hinab. Heyward stützte

Alice Munro, während Unkas ihrer Schwester Kora beim Abstieg behilflich war. In wenigen Minuten waren sie am Fuße des Berges, als der Nebel bereits in dichten weißen Schwaden das ganze Tal erfüllte.

Plötzlich stockte der Fuß des Jägers, durch den Nebel drang der Anruf eines französischen Postens an sein Ohr. Schnell schlug Falkenauge einen kleinen Bogen, eine Salve aus vielen Gewehren rollte durch den Dunst des Tales, daß sie das Pfeifen der Kugeln hören konnten. Der Gegner hatte ins Ungewisse gefeuert, ohne die Gruppe erkannt zu haben. Schon antwortete der Donner eines schweren Geschützes aus dem Fort, ein fahler Blitz erhellte die Nebelwand.

„Man schießt aus dem Fort!" sagte der Jäger und blieb horchend stehen.

„Dann sind wir nahe unserem Ziel", rief freudig erregt der Major, „ich höre schon ihre Stimmen!"

Eine neue Salve hinter ihnen zeigte, daß sie verfolgt wurden. Da erklangen auch vor ihnen Männerstimmen und ein lautes Kommando, das Feuer zu eröffnen.

„Halt, um Gottes willen halt!" rief der Major zum Fort hinüber, und die Mädchen, die die Stimme ihres Vaters

erkannt hatten, fielen ein: „Vater, Vater, wir sind es, Kora und Alice!"

„Halt, Leute!" kam ein neuer Befehl aus dem Fort. Oberst Munro hatte den Ruf seiner Töchter vernommen. „Die Ausfallpforte auf, Leute! Aber nicht schießen!"

Eine schwere Pforte drehte sich ächzend in den Angeln, unmittelbar vor den Gefährten tauchten Soldaten in roten Röcken auf, das blitzende Bajonett gefällt. Es waren Soldaten vom dritten Bataillon, das Major Heyward befehligte. Während die Mädchen mit dem Jäger, den beiden Mohikanern und David Gammut durch die offene Pforte in das Fort eingelassen wurden, stellte sich Major Heyward an die Spitze seiner Soldaten und viertrieb die Verfolger von den Festungswerken.

Alice und Kora lagen, vor Freude weinend, in den Armen ihres Vaters, und auch in den Augen des alten Soldaten standen die Tränen bei diesem Wiedersehen.

Die Tage in der belagerten Festung flossen dahin, ohne daß eine Aussicht auf Erleichterung bestand. Oberst Munro war es nicht möglich, dem überlegenen Gegner den nötigen Widerstand zu leisten, und auch von General Webb war noch keine Unterstützung eingetroffen. Einige Tausend mit den Franzosen verbündete Rothäute lagerten in den Wäldern um das Fort, ihr Geheul war ständig im britischen Lager zu hören.

Am fünften Tage der Belagerung benutzte Major Heyward die Sicherheit eines kurzen Waffenstillstandes, um sich vom Wall aus von der mächtigen Überlegenheit der Belagerer zu überzeugen. Was er sah, war wenig ermutigend. Doch dann zog ein Bild seine Aufmerksamkeit an sich, das er kaum zu deuten wußte. Unter Bewachung eines französischen Offiziers kam Falkenauge, der große Jäger, aus dem Lager der Franzosen auf das Ausfalltor zu, aber nicht als freier Mann, sondern als Gefangener und mit gebundenen Armen. Wie konnte der kühne Jäger in die Hände der Franzosen fallen?

Heyward verließ seinen Beobachtungsposten und eilte in das Innere der Festung, um dem Kommandanten Meldung zu erstatten.

„Sie kommen gerade recht, Major Heyward", sagte der Oberst, „ich wollte Sie eben rufen lassen."

„Vermutlich wegen des Jägers, den die Franzosen eben zurückbrachten", erwiderte Heyward. „Ich habe keinen Grund, an der Treue und Zuverlässigkeit dieses Mannes zu zweifeln, der uns aus den Klauen der Indianer rettete und dabei sein Leben aufs Spiel setzte."

„Ich selbst habe ihn als Boten zu General Montcalm in das französische Lager gesandt", erklärte der Oberst. „Montcalm ließ ihn mir zurückbringen, er wollte mich des treuen Menschen nicht berauben, der mir sicher noch gute Dienste leisten könne."

„Ein großzügiger Mensch", warf Heyward ein, „aber wie wollen wir mit ihm fertigwerden? Die Lage wird immer kritischer!"

„Eben deshalb muß ich mit ihm verhandeln. Er soll einen für uns sehr wichtigen Brief von General Webb abgefangen haben, mit dem ein Bote nach hier unterwegs war. Solange noch Hoffnung auf Unterstützung vorhanden ist, werde ich die Festung verteidigen. Aber dazu muß ich wissen, was in dem Brief steht. Ich muß den französischen Kommandanten selbst sprechen. Bitte, schicken Sie eine Ordonnanz zu ihm, um mich anzumelden!"

Unter dem Schutz einer kleinen Abteilung verließ Oberst Munro die Festung durch die Ausfallpforte, bis er zwischen den beiden feindlichen Lagern auf den französischen General traf, der ihm ebenfalls mit einer kleinen Eskorte entgegengekommen war. Nach einer sehr höflichen Begrüßung begannen die Verhandlungen, in denen Montcalm die Übergabe der Festung forderte. Doch Oberst

Munro war nicht bereit, sich kampflos zu ergeben. Da zeigte ihm der Franzose den abgefangenen Brief General Webbs und zerstörte seine letzten Hoffnungen auf Hilfe. General Webb forderte darin Munro auf, die Festung zu übergeben, da er keine weiteren Truppen zum Entsatz senden könne.

Die Bedingungen der Übergabe waren schnell besprochen. Sie gewährten den Abzug der englischen Truppen mit allen Ehren. Das Blutvergießen hatte ein Ende, und alle atmeten erleichtert auf.

Mit stiller Wehmut im Herzen rüsteten sich die Engländer am nächsten Morgen zum Verlassen des Forts. Es war der 9. August 1757. Mit ungeladenen Waffen zog die Truppe in zwei großen Kolonnen unter Führung von Oberst Munro aus der Festung heraus und an den siegreichen Belagerern vorbei. Zum Schluß folgte der Troß mit den Frauen und Kindern der Soldaten, unter ihnen auch die beiden Töchter des Kommandanten. Da Heyward bei seiner Truppe sein mußte, hatte er David Gammut gebeten, für Kora und Alice Sorge zu tragen.

Der Zug der englischen Soldaten hatte bereits den dichten Wald erreicht, als sich der nachfolgende Troß noch im Bereich der indianischen Hilfstruppen der Franzosen befand. Hier stand Magua, der Häuptling der Huronen, im Kreise der Häuptlinge der mit den Franzosen verbündeten Stämme, auf die er lebhaft gestikulierend einsprach.

Dann ging Bewegung durch die Tausende der roten Krieger, die beutegierig den Abzug der schwachen Nachzügler beobachteten, und gellendes Kriegsgeheul ertönte. Magua hatte das Zeichen zum Angriff auf die Nachhut gegeben!

Blutdürstig stürzten sich die Wilden auf die wehrlosen Frauen und Kinder und begannen eine jener scheußlichen Metzeleien, an denen die Geschichte der damaligen Kämpfe mit den Rothäuten so reich ist.

Auf der Fährte des Fuchses

Zwei Tage waren seit der Übergabe des Forts und jenem fürchterlichen Blutbad vergangen. Schon machte sich der nahende Herbst durch unfreundliches Wetter bemerkbar; ein kalter Wind peitschte die Fluten des Horikan und rauschte geheimnisvoll in den Wipfeln der Bäume.

Fünf Männer näherten sich gegen Abend der zerstörten Festung, die nur noch aus rauchenden Trümmern bestand. Mit äußerster Vorsicht traten sie aus dem Walde heraus. Unkas, der voranging, hatte bereits die Ebene erreicht, als er einen Schrei ausstieß. Schnell waren seine Gefährten bei ihm, der auf die Leichen der hingemordeten Frauen gestoßen war. Aber vergeblich suchten Munro und Heyward nach den Spuren der vermißten Schwestern.

„Hugh!" rief plötzlich der junge Mohikaner, der aufmerksam die nähere Umgebung gemustert hatte.

„Was gibt es, Unkas?" fragte Falkenauge, der den Ausruf des Mohikaners gehört hatte.

Ohne zu antworten, schritt Unkas auf das Gebüsch zu und kam mit einem Stück von Koras grünem Schleier zurück.

„Seht!" rief Oberst Munro. „Ein Zeichen von meinem Kind! Kora lebt! Freunde, helft mir, meine Töchter wiederzufinden!"

„Wir wollen nach ihren Spuren forschen", erwiderte der Jäger und hielt Munro und Heyward davon zurück, weiter in das Gebüsch einzudringen. „Überlassen wir das den beiden Mohikanern. Wir dürfen die Spuren durch unsere Tritte nicht verwischen!"

Der Indianer hatte sich weiter auf die Suche gemacht, und bald ertönte ein neuer Freudenruf. Er hatte ein weiteres Stück des Schleiers gefunden, das an dem niedrigen Ast eines Baumes flatterte.

„Hugh!" rief nun auch Chingachgook, der sorgfältig den Boden abgesucht hatte. Falkenauge eilte zu ihm und beugte sich über die deutlich sichtbare Spur. Auch Unkas war hinzugekommen und verfolgte die Eindrücke, die nur einem Männerfuß gehören konnten. Fragend sah Falkenauge zu Unkas auf.

Der antwortete mit blitzenden Augen: „Magua! Seine Spur ist gefunden, er wird uns nicht entrinnen!"

„Das ist also sicher", meinte Falkenauge. „Magua hat sich Koras bemächtigt, und hier sind sie vorübergekommen!"

„Und Alice?" fragten Munro und Heyward fast gleichzeitig.

„Von ihr haben wir bis jetzt noch keine Spur entdeckt", entgegnete der Jäger, weiterhin aufmerksam die Umgebung absuchend.

„Da! Was hängt dort an dem Busch? Unkas, hole mir das Ding doch her!" rief Falkenauge dem jungen Mohikaner zu, der triumphierend die Pfeife von David Gammut hochhielt.

„Wahrhaftig, unser Sänger ist auch dabei", lachte der Jäger belustigt auf.

„Ich hatte ihn gebeten, sich der Mädchen anzunehmen", warf Heyward ein, „nun bin ich sicher, daß auch Alice bei ihnen ist."

„So werden wir bald auch von ihr ein Zeichen finden", rief ihm Falkenauge beruhigend zu.

Unkas war ihnen vorausgeeilt und hatte einen glänzenden Gegenstand vom Boden aufgehoben. Er brachte ihn Heyward, der in ihm ein Schmuckstück von Alice erkannte.

„So sind also die beiden Mädchen die Gefangenen Maguas", stellte er betrübt fest.

„Der damit zu seinen heimatlichen Dörfern unterwegs ist", ergänzte Falkenauge. „Verderbt uns nicht die Spuren, damit wir die Richtung feststellen können, die er eingeschlagen hat!"

Der Jäger und die beiden Mohikaner verfolgten die weiteren Spuren durch das Dickicht. Ihre Arbeit wurde dadurch erleichtert, daß Magua die beiden Mädchen auf zwei bereitgehaltene Pferde gesetzt hatte, deren Hufe gut zu erkennen waren. Die einbrechende Dämmerung veranlaßte sie, sich erst einmal nach einem Nachtquartier umzusehen. Eine versteckte Höhle, die Falkenauge und Chingachgook schon oft als Ruheplatz gedient hatte, war ihr nächstes Ziel. In dem sicheren Versteck machten sie sich aus Blättern und Moos bequeme Lagerstätten und bereiteten auf einem schwachen Feuer die Abendmahlzeit, während Unkas die erste Wache vor der Höhle übernahm, als die Dunkelheit hereinbrach.

„Hugh! Feinde!" Der leise Ausruf des jungen Mohikaners alarmierte die Gefährten. Seine Gestalt sank in sich zusammen, als habe die Erde sie verschluckt.

„Das war Unkas' Büchse!" flüsterte der Jäger, als sie plötzlich den Knall eines Gewehrschusses hörten. Nicht lange darauf trat der junge Mohikaner lautlos wieder zu ihnen.

„Einer", sagte er zu Chingachgook, der ruhig und gelassen am Feuer saß, und zeigte den Skalp, den er erbeutet hatte. Aufmerksam betrachtete der ältere Mohikaner den Haarschopf. „Oneida", stellte er fest.

„Ein Oneida?" wiederholte Falkenauge. „Wenn uns dieser Stamm auch auflauert, dann sind wir wirklich von allen Seiten von Feinden umgeben."

Die Männer setzten sich zu ernster Beratung zusammen. Während Chingachgook und Unkas vorschlugen, den Spuren Maguas zu folgen, wollte Falkenauge den Vorsprung des Gegners dadurch aufholen, daß er den vor ihnen liegenden See überquerte, um das erste Dorf der Mingos zu erreichen, wohin zweifellos auch Magua mit seinen Gefangenen gezogen war. Die Beratung zog sich lange hin, und die Friedenspfeife machte oft die Runde unter den Männern, die sich schließlich für den Plan des Jägers entschieden. Dann begaben sie sich zur Ruhe.

Der Himmel stand noch voller Sterne, als Falkenauge die Schläfer in aller Frühe weckte. Auf verborgenen Pfaden strebten die fünf Gefährten dem Ufer des Horikan zu. Mit Bedacht hatte Falkenauge eine Stelle für ihren Austritt aus dem Walde gewählt, wo felsiger Untergrund keine verräterischen Spuren aufnehmen konnte. Unkas war zu der Bucht unterhalb der zerstörten Festung vorausgeeilt. Dort lag eine große Zahl verlassener Kanus der Huronen.

Mit Kennerblick hatte er das beste Boot ausgesucht und war zu der verabredeten Stelle am Ufer gerudert, wo die Männer das Fahrzeug bestiegen. Schnell trieben die Indianer das Boot auf die weite Wasserfläche hinaus.

Der Tag war gerade angebrochen, als sie die Enge des Sees durchfuhren und das Gebiet der vielen Inseln erreichten. Die wachen Augen Chingachgooks überprüften aufmerksam jede Insel. Plötzlich gab Chingachgook ein Zeichen, und jede Bewegung erstarrte.

„Hugh!" rief Unkas im gleichen Augenblick und deutete mit dem erhobenen Ruder auf eine Insel in einiger Entfernung.

„Ich sehe nichts Verdächtiges", meinte der Major, „es wird Nebel sein, der aus dem Wasser steigt!"

„Nein", entgegnete Falkenauge, „der Dunst ist unten viel dunkler als oben. Es ist der Rauch eines Feuers, das im Erlöschen ist. Jetzt ist Eile geboten!"

Die Indianer griffen wieder zu den Rudern, und auch die anderen Insassen des Bootes ruderten jetzt kräftig mit. Schnell schoß das leichte Fahrzeug über das Wasser.

„Mehr rechts, daß wir außer Schußweite kommen", kommandierte Falkenauge. „Da liegen zwei Kanus", fuhr er fort, „und um das Feuer herum zähle ich mindestens ein Dutzend Feinde."

Im nächsten Augenblick sprangen die Gestalten laut schreiend auf und eilten zu den Kanus. Einer schoß im Laufen seine Büchse ab, doch die Kugel fiel hinter dem Boot wirkungslos ins Wasser. Eine wilde Verfolgung begann.

„Haltet diese Entfernung, Freunde!" ermunterte Falkenauge die eifrig Rudernden. „Die Huronen haben keine Gewehre, die so weit reichen. Doch mein ‚Wildtöter' ist ihnen überlegen!"

Da zeigte Unkas nach dem Felsenufer, von wo ihnen ein anderes Kanu den Weg abzuschneiden versuchte. Ihre Lage war bedenklich, und der Jäger legte seine Büchse aus der Hand, um ebenfalls zum Ruder zu greifen. Eine kleine Insel verdeckte sie eine Zeitlang, und als sie wieder in Sicht kamen, donnerte die erste Salve der Wilden herüber. Die Kugeln spritzten ins Wasser oder schlugen gegen die starke Birkenholzwand des Bootes, ohne Schaden anzurichten. Weitere Salven folgten, und eine Kugel schlug Chingachgook das Ruder aus der Hand, das er jedoch mit einer geschickten Drehung des Bootes rasch wieder ergreifen konnte.

„Jetzt muß ich mich mit ‚Wildtöter' an der Unterhaltung beteiligen", sagte Falkenauge, nahm die treffsichere Büchse hoch und schoß. Der Hurone, der im Bug des ersten Kanus saß, fiel zurück und ließ seine Büchse ins Wasser fallen. Der Schuß hatte gewirkt, sofort hörten die Verfolger mit Rudern auf und bemühten sich um den schwer Getroffenen.

„Die ‚Lange Büchse'! Die ‚Lange Büchse'!" ertönten aus den Kanus der Huronen laute Rufe. Sie hatten ihren Gegner und seine gefürchtete Büchse erkannt.

Die Ruderer benutzten die Pause nach diesem abgeschlagenen Angriff, um Atem zu schöpfen, dann ging es mit neuer Kraft immer weiter auf den See hinaus, dessen Ufer mehr und mehr zurücktraten. Sie vermieden die wenigen Inseln, und da die Huronen eine weitere Verfolgung aufgegeben hatten, konnten sie ohne große Vorsicht eine Bucht am nördlichen Ufer des Sees ansteuern. Hier wurde das Kanu an Land gezogen, und Falkenauge und Heyward kletterten auf eine kleine Anhöhe, von der sie einen guten Überblick über die Landschaft hatten. Nach kurzer Beratung kehrten sie zurück.

Das Kanu wurde aus dem Wasser geholt, und die Indianer trugen es auf den Schultern in den Wald. Man wollte die Feinde durch einen Umweg täuschen. Nachdem sie alle Spuren sorgfältig beseitigt hatten und eine Zeitlang auf einer großen Felsenplatte weitergegangen waren, folgten sie einem kleinen Bach, der mit starkem Gefälle dem See zufloß. Schließlich wurde der durch den dichten Wald rauschende Bach so breit und tief, daß er ihr flaches Kanu zu tragen vermochte.

Sie bestiegen das Boot und ließen sich unter dem Schutz des starken Laubdaches stromabwärts treiben, bis sie langsam wieder in den See einliefen. Unter den Uferbüschen verborgen, warteten sie hier den Einbruch der Abenddämmerung ab. Erst als die Dunkelheit ihre dichten Schatten über das Wasser breitete, verließen sie vorsichtig ihr Versteck und ruderten mit allen Kräften nach der anderen Seite des Sees.

Am Westufer des Sees angelangt, wurde das Boot im dichten Gebüsch sorgfältig versteckt und anschließend jede Spur verwischt. Nachdem sie einige Meilen landeinwärts marschiert waren, legten sie sich im Wald zu einer kurzen Ruhe nieder. Schon früh am Morgen setzten sie ihren Marsch fort. Aufmerksam betrachteten Falkenauge und die beiden Mohikaner die Umgebung, oft blieben sie stehen, um ihre Beobachtungen auszutauschen. Endlich wandte sich der Jäger an seine beiden weißen Begleiter und sagte:

„Als ich feststellte, daß die Spuren der Huronen nach Norden führten, war mir klar, daß sie den Weg durch die Täler wählen und sich zwischen den Wassern des Horikan und des Hudson halten würden. Dennoch haben wir bisher noch keine Spur von ihnen entdeckt."

Während Munro und Heyward im Schatten einer Eiche rasteten, setzten Falkenauge und die beiden Mohikaner ihre Suche fort. Endlich schien Unkas etwas gefunden zu haben, freudestrahlend zeigte er auf die deutlich erkennbaren Hufspuren zweier Pferde.

„Wahrhaftig!" rief der herbeigeeilte Jäger aus, als er sich über die frischen Spuren beugte. „Hier — der Fuß des Verräters! Magua ist hier gegangen. Die Mädchen sind beritten, und hier ist auch der große Fußabdruck des Sängers! Wir haben die Spur! Und sie ist gar nicht alt!"

Von den anderen gefolgt, setzte er sich wieder in Marsch, schneller und schneller eilte er vorwärts, denn die Spur war gut zu halten. Am Nachmittag kamen sie an eine Stelle, wo Magua mit seinen Gefangenen gerastet hatte. Nicht weit davon fand Unkas die beiden Pferde, die ohne Aufsicht im Walde weideten. Entsetzt fragte Heyward, was das zu bedeuten habe.

„Daß wir am Ziel unserer Reise sind und mitten in Feindesland", erwiderte der Jäger. „Wir sind in der Nähe des Lagers, und es gilt, den Weg aufzuspüren, den sie jetzt gegangen sind."

Mit großer Sorgfalt wurde die Umgebung abgesucht, doch ohne Erfolg. Da machte Unkas den Vorschlag, den kleinen Bach, der sich vor ihnen hinschlängelte, abzudämmen, um das Bett des Baches nach Spuren abzusuchen. Zwar fanden sie eine Fußspur von auffallender Größe, die dem Sänger gehören mochte, doch konnten sie vorerst nur vermuten, daß der listige Hurone, in der Nähe seines Lagers vorsichtig geworden, die Mädchen getragen hatte und dabei in die Fußtapfen des vorausgegangenen David Gammut getreten war. Als sie an einen kahlen Felsen kamen, über den der Bach hinwegspülte, fanden sie ihre Annahme bestätigt. Hier hatte Magua den Bach verlassen, und es war nicht mehr schwer, den deutlichen Spuren der Gruppe zu folgen.

Als sich der dichte Wald etwas lichtete, blieb der Jäger stehen. Er bat Munro und Heyward, am Rande der Lichtung zu warten, während er mit den beiden Mohikanern die genaue Lage des nahen Indianerdorfes auskundschaften wollte. Die beiden Soldaten blieben in der Deckung zurück, die ihnen einen Blick auf einen kleinen See eröffnete.

Der Glanz eines milden Sommerabends lag über der lieblichen Lichtung, und Munro und Heyward waren ganz in den Anblick der schönen Natur versunken, als sie plötzlich aufschreckten. Nur wenige hundert Schritt vor ihnen stand ein fremder Indianer, bunt bemalt und in sonderbarer Tracht.

„Seht dort den Wilden, Oberst!" flüsterte Heyward. „Wir sind dem Dorf der Mingos näher, als wir dachten. Wir wollen uns ruhig verhalten, bis der Jäger zurückkehrt."

Dessen Ankunft ließ nicht lange auf sich warten. Heyward machte ihn auf die eigenartige Gestalt aufmerksam, die noch immer versonnen am Ufer des Sees stand.

Geräuschlos verschwand der Jäger wieder im Busch, während die beiden Soldaten gespannt die Bewegungen der Rothaut beobachteten. Da tauchte hinter dem Wilden die schlanke Gestalt des Jägers auf, der ein Meister im Anschleichen war. Doch vergeblich warteten sie nun darauf, daß Falkenauge vorwärtsspringen und seine Hände wie Eisenklammern um den Hals des Wilden legen würde.

Ganz friedlich trat er an den roten Krieger heran und legte ihm die Hand auf die Schulter. Verwundert blickten sie sich an. Sie konnten nicht wissen, wen der Jäger unter der Maske des Indianers entdeckt hatte.

„Wollt Ihr die Biber das Singen lehren, Freund? Das wird nutzlos sein!" sagte Falkenauge zu dem als Indianer verkleideten Sänger.

„Keineswegs, Falkenauge!" antwortete der Angeredete in bestem Englisch. „David Gammut ist nicht so dumm, wie er aussieht!"

Falkenauge gab das verabredete Zeichen, das Krächzen einer Krähe, und bald waren die Gefährten um David versammelt.

„Wir freuen uns, daß Ihr gesund und wohlbehalten seid", sagte der Jäger, „aber wo sind die beiden Mädchen?"

„Sie sind in der Gefangenschaft der Heiden, aber wohlauf und gesund. Ich bin nicht von ihrer Seite gewichen."

„Und wo ist Magua, der Verräter?"

„Er ist heute mit seinen Leuten auf der Jagd. Die ältere Schwester hat er zu einem benachbarten Stamm gebracht, seine Hütten liegen jenseits der dunklen Felsen. Alice hält er bei den Weibern der Huronen gefangen."

„Und warum läßt man Euch so frei herumlaufen, als Indianer verkleidet?"

„Ich bin kein Krieger, und die Macht des Psalmgesanges hat die Gemüter der Heiden beeindruckt. So mag ich tun, was ich will."

„Könnt Ihr mir von dem Stamm erzählen, bei dem Kora gefangengehalten wird?" fragte der Jäger weiter. „Wie ist die Form ihrer Messer?"

David konnte sich nicht daran erinnern. Ihm war nur aufgefallen, daß die Krieger des Stammes eine seltsame Kriegsbemalung auf der Brust trugen: das Bild einer Schildkröte.

„Hugh!" riefen die beiden Mohikaner überrascht und berieten sich mit dem Jäger in der Sprache der Delawaren. Chingachgook zeigte auf seine Brust, wo das gleiche Zeichen erkennbar war.

Falkenauge erklärte den verwunderten weißen Gefährten, was sie festgestellt hatten. Chingachgook und Unkas waren die letzten Häuptlinge des Stammes, der einst über die Mohikaner herrschte. Abtrünnige Häuptlinge gründeten einen neuen Stamm unter den Delawaren, auch ihr Totem war die Schildkröte. So vorteilhaft diese Verwandtschaft mit dem Stamm sein konnte, bei dem sie Kora gefangen wußten, so gefährlich konnte es auch werden, mit den Abtrünnigen zu verhandeln.

Falkenauges listiger Streich

Nach längerer Beratung wurde beschlossen, daß Heyward in der Verkleidung eines Gauklers und Quacksalbers zusammen mit dem Sänger in das Lager der Mingos gehen sollte, um Alice zu befreien, während Falkenauge mit Unkas nach dem Stamme forschen wollte, bei dem Kora verborgen war. Chingachgook, der sich mit Oberst Munro zunächst noch im sicheren Versteck halten sollte, hatte unter reichlicher Verwendung von Farben aus seinem Medizinbeutel Heyward schnell in einen französischen Gaukler verwandelt.

Dann machte sich der junge Mann zusammen mit David in das Dorf der Wilden auf, das, auf einer kleinen Lichtung an einer Anhöhe gelegen, aus etwas fünfzig bis sechzig Hütten bestand. In der hereinbrechenden Dämmerung erreichten sie die anscheinend unbewachte Ansiedlung.

Ungehindert durchschritten die beiden Männer das Dorf, in dem sich der Sänger bereits gut auskannte. Er führte seinen Begleiter zu einer größeren Hütte, in der die Beratungen des Stammes abgehalten wurden. Im Schein der Fackeln sahen sie die dunklen Gestalten der Wilden dicht zusammengedrängt auf dem Boden sitzen. Als sich Heyward einem älteren Häuptling als Arzt und Zauberer vorstellte, den der französische Kommandant gesandt habe, um die Kranken der Huronen zu heilen, erhob sich beifälliges Gemurmel im Kreise der Krieger.

Die für Heyward günstig verlaufene Unterredung wurde plötzlich durch ein grelles Geheul unterbrochen, das sich schnell dem Dorfe näherte. Alle Krieger verließen die Hütte und stürmten nach draußen, wo mehrere Indianer mit zwei Gefangenen durch das Dorf zogen. Wildes Triumphgeschrei erfüllte die Luft, Feuer wurden schnell entzündet, um das nächtliche Schauspiel zu beleuchten. Heyward beobachtete, daß die Krieger inzwischen eine Gasse gebildet hatten, durch die man die Gefangenen hindurchjagen wollte. Ein Signal ertönte, und das grausige Spiel begann.

Der eine der beiden gefangenen Indianer blieb mutlos stehen, der andere stürmte mit lautem Kriegsruf durch die Reihen seiner Gegner, brach plötzlich seitlich aus und sprang in langen Sätzen dem Walde zu. Eine wilde Meute jagte hinter ihm her, versuchte ihm den Weg abzuschneiden und trieb ihn wieder dem Dorfe zu. Keuchend schoß der Indianer auf die Beratungshütte zu, dicht an Heyward vorüber, und schlang die Arme um den buntbemalten Pfahl, der vor der Hütte stand. Hier war er nach alter Sitte vor den Angriffen geschützt, bis der Stamm über sein weiteres Schicksal entschieden hatte.

Der von der langen Jagd ermattete Indianer hob den Kopf. Mit Schrecken erkannte Heyward in ihm Unkas, den jungen Mohikaner!

Mit lebhafter Anteilnahme verfolgte Heyward das weitere Geschehen. Ein Häuptling führte den Gefangenen,

der sein Schicksal mit Würde und Gelassenheit trug, in die Hütte, wo sich die älteren Häuptlinge im Kreis zur Beratung niederließen. Hinter ihnen drängten sich die jüngeren Krieger. Auch der zweite Gefangene wurde herbeigeschafft, es war ein junger Hurone, der durch feige Flucht Schande über den Stamm gebracht hatte. Auf dem Wege zum Nachbarstamm war Unkas mit ihm zusammengetroffen, doch statt zu kämpfen, hatte der Hurone die Flucht ergriffen. Bei dieser Verfolgung war Unkas schließlich einer Übermacht in die Arme gelaufen und in die Gewalt der Huronen geraten.

„Du hast dich als Mann bewährt, Delaware", redete ihn der älteste Häuptling an, „wenngleich du einem Volk von Weibern entstammst! Die Krieger der Huronen achten deinen Mut. Ruhe aus bei uns bis zur Morgensonne, dann soll unser Urteil gesprochen werden!"

Da reckte sich der junge Mohikaner empor. Furchtlos blickte er in den Kreis seiner Feinde.

„Warum ein Urteil, mein Vater? Was hat der Delaware getan, daß er den Zorn der Huronen verdient? Oder wandeln die einst tapferen Huronen jetzt auf dem Pfade der Lüge und der Ungerechtigkeit?"

„Die Krieger der Huronen sehen einen Gefangenen in ihrer Mitte. Er ist ein Delaware, also ihr Feind!" antwortete der Häuptling mit Würde. „Zwei unserer Krieger verfolgen noch deinen Gefährten, den blassen Jäger. Er ist gefürchtet, denn sein Auge ist gut und sein Rohr ist lang, seine Kugel verfehlt nie ihr Ziel. Er wird mit den Kriegern der Huronen kämpfen müssen. Wenn sie siegreich zurückkehren, wird der Delaware ein gerechtes Urteil hören!"

„Uff! Uff!" rief der junge Mohikaner mit leuchtenden Augen. „Der große Häuptling hat recht, niemals verfehlt die Kugel Falkenauges ihr Ziel! Zweimal vernahm Unkas den Knall der Büchse seines großen Freundes. Die Huronen werden kein Urteil über ihn fällen, denn die beiden Krieger werden ihre Heimat niemals wiedersehen! Ich habe gesprochen! Hugh!"

Ein dumpfes Murmeln durchlief die Reihen der Indianer. Aus ihm klang Hochachtung und Anerkennung für die mutige Rede.

„Wenn die Delawaren so geschickt und mutig sind, warum ist einer ihrer tapfersten Krieger jetzt hier?" fragte der Häuptling weiter.

„Er folgte den Spuren des fliehenden Feiglings, der neben mir steht, und der Hinterhalt hat ihn verschlungen. Auch der Biber ist schlau, aber man kann ihn dennoch fangen."

Geschickt hatte damit Unkas die Aufmerksamkeit und den Zorn der Versammlung erneut auf den gefangenen

Huronen gelenkt, der sich einem Zweikampf entzogen hatte. Ein dumpfes Murren ging durch den Raum. Die Häuptlinge steckten die Köpfe zusammen und berieten, dann folgte eine lange feierliche Stille. Der Urteilsspruch über den jungen Huronen schien gefallen zu sein.

In würdevoller Haltung stellte sich der Häuptling vor den Gefangenen, um das Urteil zu verkünden.

„Schwankendes Rohr", begann er, „deine Zunge ist geschwätzig, aber dein Arm ist kurz, und deine Beine sind lang. Der Feind hat stets nur deinen Rücken gesehen, doch nie die Farbe deiner Augen. Deine Gestalt ist schön, aber dein Herz ist das eines Hasen! Nur dein Tod kann die Schande auslöschen, die du über das Volk der Huronen gebracht hast. Dein Name aber sei vergessen!"

Langsam und feierlich zog der alte Häuptling das Skalpmesser aus dem Gürtel, um es dem wie erstarrt stehenden Huronen ins Herz zu stoßen. Leblos fiel er neben Unkas nieder.

Tief beeindruckt von dem blutigen Indianergericht verließen die Krieger schweigend die Hütte. Nur ein paar Wachen blieben bei Unkas zurück, während Heyward mit dem Strom der Indianer ins Freie trat.

Ein älterer Häuptling sprach ihn an: „Mein weißer Bruder kommt von dem großen Vater aus Kanada, der für die Gesundheit und Kraft seiner roten Krieger sorgt, und wir sind ihm dankbar. Ein böser Geist lebt in der Frau eines meiner jungen Krieger. Kann ihn der weiße Bruder austreiben?"

Heyward kannte sich aus in den Gaukeleien, die die Indianer anwandten. Geheimnisvoll antwortete er: „Die Geister sind verschieden. Manche weichen der Weisheit, andere sind zu mächtig. Mein Bruder zeige mir die kranke Squaw, und ich will versuchen, sie zu heilen."

„Der große Zauberer möge mir folgen!" antwortete der Häuptling und schritt ihm durch die klare Mondnacht voraus. Am Fuß eines Felsenhügels machte er vor einer Höhle halt, schlug den Vorhang zurück und ließ den vermeintlichen Medizinmann eintreten.

In diesem Augenblick näherte sich ihnen, aus dem Düster des Felsens auftauchend, eine zottige, plumpe Gestalt und schob sich brummend in den Eingang. Heyward erschrak beim plötzlichen Auftauchen des Bären; waffenlos, wie er war, gab es für ihn keine Möglichkeit, sich zu verteidigen.

Er beruhigte sich jedoch schnell, als er sah, daß der Häuptling an seiner Seite keineswegs überrascht zu sein schien und das Tier einen durchaus friedfertigen Eindruck machte. Wie konnte er wissen, das der Anblick der Bärenmaske für den Huronen ein gewohntes Bild war, denn der Medizinmann des Stammes, Notopachu, benutzte das Bärenfell oft als Verkleidung.

Die unheimliche Gestalt folgte ihnen, bis sie durch den schmalen Eingang in das Innere der Höhle kamen, die aus mehreren Abteilungen zu bestehen schien. An der Seite des ersten Raumes war aus Laub und Moos ein Lager für die kranke Indianerin hergerichtet worden, die von einer Schar Huronenweiber umgeben war. Zu seiner Überraschung bemerkte Heyward auch den Sänger, der gerade ein wehmütiges Lied anstimmte.

Als er geendet hatte, trat er an Heyward heran und flüsterte ihm ins Ohr: „Sie ist hier! Sie erwartet Euch!" Dann eilte er hinaus.

Der Häuptling wies mit einer Handbewegung die Frauen aus der Höhle, deutete auf die Kranke und sagte: „Mein Bruder möge beginnen, den bösen Geist auszutreiben!"

Halblaute Beschwörungen murmelnd, trat Heyward langsam an das Lager. Ein Blick sagte ihm, daß die Kranke nicht mehr zu heilen war, der Tod hatte ihr Gesicht bereits gezeichnet.

Durch lautes Brummen des Bären wurde er unterbrochen. Der Häuptling faßte es so auf, als sei dem Bären seine Anwesenheit unerwünscht. „Sei still — ich gehe schon!“ sagte er zu dem grimmigen Tier und verließ die Höhle.

Heyward war nun mit dem braunen Gesellen allein in dem Raum. Mißtrauisch beobachtete er dessen eigenartiges Gebaren. Wer verbarg sich unter der Maske des Tieres? Mit schwerfälliger Tatze fuhr der Bär hinauf zum Kopf, das Haupt fiel nach hinten über, und das spitzbübisch lächelnde Gesicht Falkenauges kam zum Vorschein.

Heyward war starr vor Erstaunen. „Falkenauge! Jetzt darf ich hoffen, Alice zu befreien! Wie kommt Ihr zu dieser Verkleidung?" Falkenauge erzählte mit kurzen Worten, daß er, nachdem Unkas in die Hände der Huronen gefallen war, beim Anschleichen auf das Dorf den Medizinmann der Huronen gefesselt habe, der sich gerade als Bär verkleiden wollte. So konnte er in dessen Maske ungehindert bis mitten in das feindliche Lager eindringen.

„Das war ein großartiger Streich", rief Heyward begeistert aus. „Doch nun zu Alice Munro!"

Falkenauge zog die Bärenmaske wieder über den Kopf, während Heyward gespannt in den nächsten Raum trat. In der Gestalt, die sich bei seinem Eintritt von einem spärlichen Lager erhob, erkannte er das geliebte Mädchen. Mit einem Aufschrei schloß er die Zitternde in die Arme. Er forderte sie auf, mit ihm zu fliehen, als er einen leichten Schlag auf der Schulter verspürte. Erschrocken wandte er sich um, und sein Blick fiel auf das höhnisch lächelnde Gesicht Maguas.

„Die Bleichgesichter wissen wohl den schlauen Biber zu fangen", höhnte er, „aber Magua überlistet die weißen Hunde!"

Ein lautes Brummen ertönte, das Tier erschien im Eingang und wandte sich drohend gegen Magua. Verärgert wollte er daran vorbeigehen, denn er vermutete den Medizinmann seines Stammes unter der ihm gewohnten Maske.

„Narr", meinte er, „schere dich weg und spiele mit Kindern und Weibern, aber nicht mit tapferen Kriegern!"

Da richtete sich der Bär auf und umschloß Magua mit einem harten Griff der Tatzen, daß er sich nicht mehr rühren konnte. Heyward ergriff geistesgegenwärtig ein dickes Brett und schlug es dem Huronen so kräftig auf den Kopf, daß er zusammensank. Schnell waren ihm Arme und Beine gebunden, ein Knebel wurde ihm in den Mund gesteckt, der Entführung Alices stand nun nichts mehr im Wege.

Heyward nahm die leichte Gestalt des Mädchens auf seine Arme und schlug die Decke darüber. Als sie sich dem Ausgang näherten, hörten sie die Stimmen und das Klagen der Verwandten jener Kranken, der Heyward Hilfe leisten sollte. Schnell war sein Plan fertig. Mit beifälligem Gemurmel wurde das Erscheinen des Medizinmannes und seines Helfers im Bärengewand begrüßt.

Ein älterer Hurone trat auf ihn zu. „Hat mein Bruder den bösen Geist ausgetrieben? Was hat er in seinen Armen?"

„Die kranke Squaw!" antwortete Heyward feierlich. „Der Geist wich von ihr und ist im Felsen eingeschlossen. Ich trage sie fort von hier, damit sie der Böse nicht mehr erreichen kann. Wenn die Sonne wiederkehrt, wird sie gesund im Wigwam ihres Mannes sein! Niemand darf die Höhle vorher betreten, erst morgen wird der Geist aus der Höhle gefahren sein!"

Dankbar und voll scheuer Furcht vor dem weißen Zauberer zogen sich die abergläubischen Indianer zurück, und unangefochten erreichte Heyward den Wald. Falkenauge, immer noch in seiner Verkleidung, war ihm gefolgt, und zusammen schlugen sie den Weg zum Versteck ein, in dem Oberst Munro sehnsüchtig auf die Rückkehr seiner Tochter wartete.

Unterwegs stießen sie auf Chingachgook, der ihren Rückzug gesichert hatte. Er wußte bereits, daß Unkas in der Gewalt der Huronen war, und leise besprachen Falkenauge und der Mohikaner ihren Plan zu seiner Befreiung.

Als sie in dem nur schwer zugänglichen Versteck angekommen waren und der dankbare Vater die Tochter gerührt in die Arme schloß, wandte sich Falkenauge an die beiden Offiziere:

„Das Mädchen und Ihr seid in Sicherheit — das Versteck ist gut! Aber wir haben keine Zeit mehr zu verlieren. Die Große Schlange wird mit mir in das Dorf der Indianer zurückkehren, um Unkas, den Letzten der Mohikaner, aus der Gewalt der Huronen zu befreien. Wartet hier, bis wir zurückkehren!"

Mit größter Vorsicht näherten sich Falkenauge und Chingachgook dem Dorf der Huronen. Durch den dichten Wald gedeckt, erreichten sie ungesehen den Dorfrand, wo der Mohikaner Posten bezog, während Falkenauge im Schutz der Bärenmaske die Befreiung Unkas in aller Stille durchführen wollte.

Aus einem nahen Rindenzelt erklangen die Töne, die dem Jäger gut vertraut waren. Es war die Stimme des Sängers. Wollte er seinen Freunden den Weg weisen durch seinen Gesang? Falkenauge näherte sich der halb verfallenen Hütte und gab sich dem Sänger zu erkennen.

„Heyward und Alice sind gerettet und in Sicherheit", erzählte er ihm, „doch wo ist Unkas?"

„Er liegt gefesselt in einer Hütte, sein Tod wurde bereits beschlossen!"

Mit eiligen Schritten strebte der Sänger die Straße hinab durch das in stiller Nachtruhe liegende Dorf. Die Hütte, in der Unkas gefangengehalten wurde, war von fünf Wilden bewacht, die ehrfurchtsvoll dem gefürchteten Medizinmann in der Bärenmaske Platz machten.

„Der große Zauberer der Mingos wird den Gefangenen anblasen und ihn zu einem Weichling machen, daß er am Pfahle zittert und um Gnade winselt", erläuterte der Sänger den Wächtern. „Die tapferen Krieger mögen sich von der Hütte entfernen, daß sie nicht auch vom Hauch des weisen Notopachu getroffen werden und das Herz eines furchtsamen Hasen erhalten!"

Sie zogen sich von der Hütte zurück, während die beiden Gefährten in den Raum traten. In einer Ecke stand

gefesselt der junge Mohikaner. Als er das Brummen des Bären nicht beachtete, ließ Falkenauge den Zischlaut einer Schlange ertönen. Da blickte er forschend auf und fragte mit gedämpfter Stimme: „Falkenauge?"

„Durchschneidet seine Fesseln!" gebot der Jäger dem Sänger und entledigte sich schnell seiner Bärenhaut, um sie Unkas überzuwerfen.

Dann wandte sich der Jäger wieder an David Gammut: „Gebt mir Eure Decke und Euren Kopfputz, auch Eure Brille und Euer Psalmbuch. Jetzt muß ich Eure Rolle spielen, wenn mein Gesang auch nicht ganz so schön klingen wird wie der Eure."

Geschwind war der Kleiderwechsel vollzogen, und da beide von gleich großer Gestalt waren, konnte Falkenauge in der Dunkelheit gut für den Sänger gehalten werden.

„Wir werden Euch fesseln und knebeln, damit Euch die Huronen hilflos gebunden finden. Dann wird kein Verdacht auf Euch fallen! Oder wollt Ihr lieber mit uns fliehen?"

„Nein!" antwortete David entschlossen. „Ich will Euch nicht gefährden und will dem tapferen Häuptling gern diesen kleinen Dienst erweisen. Ich stehe unter einem guten Schutz, die Wilden werden mir nichts antun!"

Sie nahmen Abschied und verließen die Hütte. Der Bär tappte schwerfällig voran und brummte vor sich hin. Der Jäger im Gewand des Sängers stimmte einen Psalm an und machte so die Täuschung vollkommen. Keiner der Huronen schöpfte Verdacht, und unangefochten erreichten die beiden Männer den schützenden Wald und verschwanden in der Dunkelheit.

Nicht lange danach hörten sie in der Richtung des Dorfes anhaltendes Geschrei, das ganze Lager schien in Aufregung geraten zu sein. Unkas entledigte sich der Bärenhaut, und beide drangen eilig durch das Dickicht, dem

Versteck der Offiziere entgegen. Chingachgook, der die Szene der Entführung mit Spannung beobachtet hatte, ohne eingreifen zu müssen, schloß sich ihnen an und begrüßte den aus den Klauen der Huronen geretteten Sohn mit freudigem Zuruf. Fast atemlos kamen sie in das Versteck.

„Es ist gelungen!" rief der Jäger. „Auf! Die Mingos werden hinter uns her sein. Folgt uns!"

Munro und Heyward bestiegen die beiden erbeuteten Pferde, Alice wurde auf Heywards Pferd gesetzt, und im Eilschritt bewegte sich der kleine Zug unter der Führung des Jägers durch den düsteren Wald. Falkenauge hatte beschlossen, die Gastfreundschaft der Delawaren anzurufen, und schlug den Pfad nach Westen ein.

Im Dorf der Huronen herrschte indessen große Aufregung. Die neugierigen Wächter hatten den armen David Gammut gefunden, und die Kunde von der Flucht des Mohikaners hatte die Krieger alarmiert. Eilends strebten die Häuptlinge zur Beratung zusammen. Doch einer, dessen Stimme im Rate geachtet war, fehlte: der listige Magua. Alles Suchen und Rufen war vergebens, die ausgesandten Läufer kamen mit der Nachricht zurück, daß auch seine Hütte leer sei.

Ein neues Ereignis sollte bald Klarheit über die geheimnisvolle Flucht Unkas' und das Verschwinden Maguas bringen. Ein Streiftrupp, der den Flüchtigen nachgeeilt war, hatte Notopachu, den richtigen Medizinmann der Huronen, gefesselt im Walde gefunden und kehrte mit ihm zurück. Verwünschungen gegen den weißen Jäger, der ihnen diesen Streich gespielt hatte, wurden laut.

„Uff, dann war es auch nicht Notopachu, der meine Tochter geheilt hat", brach der Vater der kranken Indianerin verzweifelt aus. Mit einigen Freunden eilte er zur Höhle. Eine Fackel wurde entzündet, und erschrocken und betrübt beugte sich der alte Indianer über seine Tochter. Sie war inzwischen gestorben.

In diesem Augenblick rollte plötzlich ein Körper aus dem Nebengelaß vor die Füße der erstaunten Männer. Es war der gefesselte Magua, der nun schnell von seinen Banden befreit wurde. Wütend sprang er auf die Füße, seine Augen rollten furchterregend, und seine Hand zuckte zum Skalpmesser im Gürtel.

„Auf, Krieger der Huronen, laßt uns die Giftbrut der Delawaren, die noch in unserer Gewalt ist, am Marterpfahl rösten!" schrie er wütend.

„Der Gefangene wurde befreit. Mit flinken Füßen, dem Hirsche gleich, flieht er durch die Wälder! Ein böser Manitou hat uns Unkas und das Mädchen entrissen", berichtete ein Häuptling.

„Uff, noch eine der giftigen Kröten ist in unserer Gewalt. Der Mann mit dem lauten Mund, der unsere Herzen mit seinen Tönen verzauberte. Auch er ist ein Betrüger! Sein Skalp soll in Maguas Wigwam dörren!"

Die Schar der aufgeputschten Indianer rannte hinaus, um den Sänger zu suchen und an ihm die Rache auszulassen. Aber er war nirgends aufzufinden. Er hatte die im Lager herrschende Aufregung benutzt, sich seiner Bande zu entledigen, und war in einem günstigen Augenblick entflohen.

Im Beisein Maguas ging nun die Beratung weiter. Die ältesten Häuptlinge brachten ihre Pläne vor, wie man der Feinde doch noch habhaft werden könnte. Schweigend hörte Magua zu. Der schlaue Fuchs hatte seine Selbstbeherrschung wiedergewonnen, doch war er nur noch von dem Gedanken an Rache erfüllt.

Als einige Läufer eintrafen und berichteten, daß die Flüchtigen den Weg zum benachbarten Dorf der Delawaren eingeschlagen hätten, um dort Unterkunft und Schutz zu suchen, trat Magua vor die Versammlung hin. Seine Beredsamkeit und sein Gebaren nahmen bald die Herzen seiner Hörer gefangen.

„Huronen vom Stamme der Mingos!“ rief der ehrgeizige Häuptling aus. „Der Feind ist in unser friedliches Dorf eingebrochen und hat uns mit großer List zwei Gefangene entführt. Ich werde euch rächen. Hört meinen Vorschlag und folgt mir!“

Mit beredten Worten entrollte der schlaue Häuptling seinen Plan, und als er geendet hatte, sprangen die Krieger mit lautem Geschrei von ihren Sitzen auf.

„Uff! Uff!“ tönten die Rufe wild durcheinander. „Magua, führe uns zum Sieg!“

Vor Tagesanbruch versammelten sich die von Magua ausgesuchten Krieger vor seiner Hütte. Er gab ihnen einen Wink, und unter seiner Führung setzte sich die Gruppe lautlos in Marsch.

Der weise Tamenund hält Gericht

Der milde Schein der Morgensonne lag auf dem Dorf der Delawaren, in dem es zu dieser Stunde bereits lebhaft zuging. Reich geputzte Krieger traten aus den Hütten und schritten würdevoll die Gasse zwischen den Wigwams entlang zum Beratungszelt.

Während die Krieger sich zur Beratung versammelten, kam in fliegender Eile ein Wachtposten von der Kuppe des östlichen Hügels herabgelaufen. Atemlos verkündete er Mokaschi, dem Häuptling, daß sich ein einzelner Krieger waffenlos dem Dorfe nähere.

Die Häuptlinge und angesehenen Krieger traten vor die Hütte und sahen einen roten Mann auf der Kuppe des Hügels stehen. Er trug keine Waffen und machte das Zeichen der Freundschaft, indem er die rechte Hand steil zum Himmel emporstreckte und die linke mit ausdrucksvoller Gebärde auf die Brust legte. Die Delawaren erwiderten seinen Gruß, und langsam kam der Fremde näher.

Mokaschi ging dem Häuptling des benachbarten Stammes entgegen und machte ebenfalls das Zeichen des Friedens.

„Ich sehe Magua, den Häuptling der Huronen, in unserem Dorf. Er sei willkommen, um mit den Delawaren die Pfeife des Friedens zu rauchen. Hugh!"

Der Häuptling lud den Gast ein, in seine Hütte zu treten und sein Morgenmahl zu teilen. Während des Mahles wurde wenig gesprochen. Dann entzündete Mokaschi feierlich die Friedenspfeife. In wohlgesetzten Worten beteuerten sie die zwischen den beiden Stämmen herrschende Freundschaft, ehe Magua mit schlauer Rede sein Anliegen vorbrachte.

„Mein roter Bruder ist Magua gern gefällig gewesen und hat seine weiße Gefangene bei sich aufgenommen", begann er die Unterhaltung. „Magua dankt ihm dafür, doch er darf die Güte der Delawaren nicht länger in Anspruch nehmen. Das weiße Mädchen wird den Delawaren lästig fallen."

„Das weiße Mädchen ist immer willkommen im Dorfe der Delawaren", entgegnete Mokaschi würdig. „Es fällt uns nicht lästig."

Maguas erster Versuch, Kora in sein Dorf zu holen, war gescheitert. Er ließ sich jedoch nichts anmerken, ergriff seine Jagdtasche und schüttete sie vor dem Häuptling aus. „Ich habe meinem Bruder Geschenke mitgebracht. Die Delawaren wollten nicht auf den Kriegspfad gehen, Magua hat für sie reiche Beute besorgt. Die Delawaren und Huronen wollen Freunde sein bis zu den fernsten Geschlechtern!"

Dieser Schachzug verfehlte seine Wirkung nicht, die Sachen, die aus dem letzten Überfall auf das Fort stammten, wurden dankbar angenommen.

„Die Engländer haben ihre Kundschafter und Spione ausgeschickt", ging nun Magua weiter auf sein Ziel los,

„sie waren in den Hütten der Huronen. Aber die tapferen Krieger jagten sie wie geprügelte Hunde. Da flohen sie vor Angst in das Dorf der Delawaren. Haben sie hier Schutz gefunden?"

Dieser eindeutigen Frage konnte Mokaschi nicht ausweichen.

„Ja", sagte er, „die Spuren fremder Mokassins führten zum Dorf der Delawaren."

„Hat mein Bruder die Verräter gejagt wie das Wild des Waldes? Oder hat er sie an den Marterpfahl gestellt?"

„Mokaschi hat die, die ihn um Gastfreundschaft baten, nicht verjagt. Das Gastrecht ist den Lenapen vom Stamme der Delawaren heilig!" antwortete er fest.

„Auch wenn es die Feinde des großen Vaters von Kanada sind?" fragte Magua geschickt und berührte damit einen wunden Punkt.

Die Delawaren, die sich zwar dem französischen General Montcalm unterstellt hatten, waren nicht wie die anderen Stämme auf Kriegspfad gegen die Engländer gezogen, was sehr schlecht vermerkt worden war. Sie waren ein sehr friedliebender Stamm und gingen lieber der Jagd nach. Mit Eifer beteuerte deshalb Mokaschi seine Treue zu der französischen Herrschaft.

„Unter den Fremden, die Schutz unter dem Dache der Delawaren suchten, ist der größte Feind der Männer Kanadas: die Lange Büchse. Sein nie fehlendes Rohr hat viele der roten Krieger gefressen!"

Bestürzung malte sich auf den Gesichtern des Häuptlings und der umherstehenden Krieger. Mit Genugtuung beobachtete Magua die Wirkung seiner Worte. Der auch den Delawaren wohlbekannte Name löste Schrecken und Verwirrung aus, und diese Eröffnung war für sie so überraschend und bedeutsam, daß sie nach kurzer Beratung eine öffentliche Versammlung des ganzen Stammes einberiefen.

Zufrieden mit dieser für ihn günstigen Entwicklung verließ Magua die Hütte des Häuptlings, während sich die Krieger auf den großen Platz am Ende des Dorfes begaben. Allmählich füllte sich der Dorfplatz mit Männern, Frauen und Kindern, in feierlichem Zuge näherten sich die Häuptlinge und angesehensten Krieger und nahmen neben dem Beratungsfeuer im Halbkreis auf Decken und Fellen Platz. Mitten unter ihnen stand der aus Zweigen kunstvoll errichtete Thron für den Stammesältesten.

Ein dumpfes Gemurmel ging durch die Reihen, als aus einer der nahen Hütten drei hochbetagte Männer traten. Der in der Mitte gehende Greis schien ein besonders hohes Alter erreicht zu haben. Sein faltenreiches Gesicht war von langen weißen Locken umrahmt, die über seine Schulter hingen, und die aus prächtigen Fellen bestehende Kleidung war bunt bemalt mit Bildern von den Heldentaten des greisen Oberhäuptlings.

„Tamenund — Tamenund!" ging ein leises Raunen durch die ehrfürchtig verharrende Menge. Tamenund war der würdige Patriarch der Lenapen, der mehr als hundert Sommer und Winter erlebt hatte und von dessen Weisheit und Gerechtigkeit an allen Lagerfeuern der roten Männer mit Ehrfurcht und Achtung gesprochen wurde.

Die Häuptlinge traten vor den Stammesältesten und legten seine Hand auf ihr Haupt, um seinen Segen zu empfangen, und die jungen Krieger berührten sein Kleid. Dann bestieg der alte Indianer das Podium und ließ sich auf die Felle nieder.

Auf seinen Befehl hin entfernten sich einige junge Krieger aus dem Kreis, um nach wenigen Minuten mit den Gefangenen zurückzukehren. An der Spitze des kleinen Zuges schritt Oberst Munro, gefolgt von Kora und Alice, seinen Töchtern, die sich eng umschlungen hielten, dann folgten Heyward und Falkenauge. Unkas, der auch im Dorf der Delawaren weilte, fehlte, ebenso Chingachgook, der sich noch in der Nähe des Dorfes verborgen hielt.

Als sich der Kreis der Indianer hinter ihnen geschlossen hatte, führte man sie vor die drei greisen Häuptlinge. Tiefe Stille herrschte ringsum, als sich einer von ihnen erhob und die Fremden anredete.

„Ich sehe drei weiße Männer und zwei weiße Squaws vor mir, die unsere Gastfreundschaft genossen und nun unsere Gefangenen sind. Welcher der drei Krieger ist der, den wir die ‚Lange Büchse' nennen?"

Niemand antwortete. Heyward hatte sich umgesehen und unter den Häuptlingen das finstere Gesicht Maguas bemerkt. Da wurde ihm klar, daß diese Versammlung ein

Werk des Huronen war. Er wollte das Beste herausholen und antwortete:

„Du fragst, weiser Häuptling, wer von uns die Lange Büchse sei, der Jäger, dessen Kugel niemals fehlgeht. Gebt uns unsere Waffen, und wir werden beweisen, daß wir alle treffliche Schützen sind. Der beste aber unter uns ist die Lange Büchse!"

„Wer hat die weißen Männer in das Dorf der Delawaren geführt?" fragte der Häuptling weiter.

„Die Not hat uns getrieben, bei dem Stamm der Delawaren Schutz zu suchen. Meine Augen sehen den reißenden Wolf unter den ehrbaren Häuptlingen der Delawaren", entgegnete er mit einem Seitenblick auf Magua, „mein Herz ist betrübt, daß sich der Adler mit einer Krähe befreundet."

Das beifällige Murmeln bewies Heyward, daß er den richtigen Ton getroffen hatte. Doch der alte Häuptling wiegte bedenklich das Haupt.

„Die Delawaren sind nicht die Freunde der Engländer, die Bleichgesichter waren nicht klug, sich in die Höhle des Panthers zu begeben!"

„Wir vertrauten darauf, daß den friedlichen Delawaren die Gastfreundschaft heilig ist", sagte Heyward.

„Die Delawaren achten die Gesetze der Gastfreundschaft, aber eine Stimme hat Tokeichum ins Ohr geflüstert, daß eine Schlange ins Lager der Lenapen gekrochen ist!"

„Will der weise Häuptling dem Kläffen eines Hundes lauschen?" wandte sich jetzt Falkenauge an den Sprecher. „Ich sehe den Verräter unter den Delawaren stehen, und er ist ein Hurone!" Damit deutete er auf Magua und fuhr fort: „Falkenauge ist aufrecht und gerade und nicht wie eine Schlange ins Lager der Delawaren gekommen, er weiß, daß die Gerechtigkeit in ihren Herzen wohnt. Der große Häuptling möge nicht die falsche Rede eines hündischen Mingos hören!"

Die Hand des beleidigten Huronen fuhr zum Schlachtbeil im Gürtel hinab, aber Tokeichum beschwichtigte ihn: „Mein roter Bruder mag nun seinen Mund auftun, unsere Ohren stehen weit offen!"

Mit gemessenen Schritten trat der Häuptling der Huronen in den Kreis, ein überlegenes Lächeln lag auf seinen Zügen, er schien sich seines Sieges sicher zu sein.

„Der Große Geist, der die Menschen schuf", begann er nach einer feierlichen Begrüßung der Versammlung, „färbte ihre Haut verschieden. Die Bleichgesichter sind weiß wie der Schnee, sie hatten reiches Land mit Bergen und Flüssen und Seen. Aber sie waren unersättlich in ihrer Gier und fuhren über das große Salzwasser in das Land der Männer, denen der Große Geist eine rote Haut gab. Sie nahmen das Land der roten Männer und wollten immer noch mehr besitzen. So kamen die weißen Männer auch in das Gebiet des großen Salzsees, wo ein einst mächtiges Volk in Frieden und Freiheit lebte. Es waren die Stämme der Lenapen."

Magua merkte, daß seine Worte nicht ohne Wirkung auf die Indianer blieben, als er geschickt auf das ihnen angetane Unrecht anspielte. Auch der ehrwürdige Tamenund, der dem Schauspiel bisher schweigend gefolgt war, hatte sich aufgerichtet, die Erwähnung seines Stammes ließ ihn aufhorchen. Jetzt erhob er sich langsam von seinem Sitz und fragte: „Wer ruft die Kinder der Lenapen? Wer spricht von Zeiten, die vergangen sind, und von der schweren Last, die auf den Schultern der Delawaren liegt?"

„Ein Hurone sprach so", erwiderte Magua.

„Was führt den Huronen in das Dorf der Lenapen vom Stamme der Delawaren?" fragte kopfschüttelnd der greise Indianer. „Was führt ihn zu Tamenund?"

„Gerechtigkeit! Maguas Gefangene sind im Dorf, er fordert sein Eigentum! Tamenund, der weise Lenape, möge Magua geben, was sein ist!"

Tiefe Stille herrschte nach diesen Worten des Huronen. Auch Tamenund schwieg lange Zeit, ehe er sein Urteil sprach.

„Gerechtigkeit ist das Gesetz der Lenapen. Hurone, sei unser Gast und halte in Frieden dein Mahl. Dann nimm, was dein ist!"

Langsam, wie in großer Ermüdung, ließ sich der weise Häuptling auf seinen Sitz niedergleiten. Niemand wagte zu widersprechen. Auch Magua stand bewegungslos auf seinem Platz. Dann kam Leben in die Gestalt des Huronen. Mit höhnischen Blicken blieb er vor den Gefangenen stehen und wandte sich Kora zu, um von ihr Besitz zu ergreifen.

Doch Kora entwand sich seinem Zugriff und stürzte vor den Füßen Tamenunds nieder, die Hände bittend emporgehoben.

„Gerechter und weiser Tamenund!" rief sie aus. „Wir flehen dich an um Schutz und Gnade! Errette uns vor dem Blutdurst des falschen Huronen und aus schändlicher Sklaverei! Bist du nicht Tamenund, der weise Richter?"

„Ja, ich bin Tamenund, der viele Sommer erlebte", antwortete der Greis mit großer Geste.

„So sind wir geborgen in deiner Hand!" rief das Mädchen aus. „Dann wird uns kein Hurone dir entreißen können. Wir sind nicht sein Eigentum, sondern Gäste der Delawaren. Fragt den roten Mann, der mit uns in das Lager kam!"

Fragend blickte sich Tamenund nach seinen Begleitern um. „Eine Schlange kroch in das Lager der Delawaren", flüsterte ein Häuptling dem Greis zu, „es ist eine Rothaut, die im Dienste der Engländer steht. Die Marter wartet auf ihn."

„Der rote Mann soll kommen!" befahl Tamenund.

Das Zeichen der Schildkröte

Nach kurzer Zeit wurde Unkas von einigen Kriegern in den Kreis der Versammlung geführt. Der junge Mohikaner blieb vor dem Häuptling stehen, bis dieser das Wort an ihn richtete. „In welcher Sprache redet der Gefangene mit Tamenund, wenn er um Gnade fleht?"

„In der Sprache der Delawaren!" antwortete Unkas. „Doch der Letzte der Mohikaner fleht niemals um Gnade. Hugh!"

„Deine Worte sind eines Delawaren würdig. Aber niemals hat Tamenund erlebt, daß ein Delaware gleich einer Schlange in das eigene Lager kroch, um seine Brüder zu verraten!"

„Ein Delaware kommt niemals als Feind in das Lager seiner Brüder!" erwiderte Unkas mit fester Stimme. „Tamenund wird erkennen, wer die Wahrheit spricht, der listige Hurone oder der Bruder aus dem Stamm der tapferen Delawaren."

„Delaware“, begann der Greis mit erhobener Stimme, „du bist ein Abtrünniger deines Volkes. Dunkelheit hat sich über den Stamm der Delawaren gelegt, und Manitou hat sein Antlitz verborgen. Es ist schwere Schuld, wenn ein Sohn seinen Stamm verläßt, um den Engländern zu dienen. Unkas ist nach den Gesetzen der Delawaren dem Tode verfallen!“

Ein wüstes Rachegeschrei folgte den Worten Tamenunds, und sofort wurden die Vorbereitungen für die schreckliche Marter der Feuerprobe getroffen. Unter lautem Jubel wurde Unkas von einem Häuptling ergriffen und zum Marterpfahl geführt, mit schnellem Griff riß er ihm das Jagdhemd herunter. Doch plötzlich ließ er Unkas los, wie gebannt blickte er auf die Brust des Gefangenen, auf der das Zeichen der Schildkröte zu sehen war.

Lächelnd genoß Unkas seinen Triumph. „Seht her, Männer der Lenapen“, rief er und zeigte auf seine Brust, „erkennt das heilige Zeichen unseres Stammes!“ Demütig beugten sich die Häuptlinge und Krieger vor dem jungen Mohikaner.

„Mein Geschlecht ist uralt, es trägt die Erde“, fuhr Unkas fort, „auch euer Stamm ist ein Sproß aus dieser Wurzel.“

„Wer bist du, der du solche Worte sprichst?“ fragte mit zitternder Stimme der weise Tamenund.

„Ich bin Unkas, der Sohn Chingachgooks, aus dem Geschlecht der Großen Schildkröte.“

Mit edler Würde schritt Unkas zum Thron des Patriarchen empor.

„Manitou ist groß und gut!“ rief der Greis mit innerer Bewegung aus. „Der herrlichste Tag in Tamenunds Leben ist erschienen! Seine Stunde ist gekommen! Dort steht sein Nachfolger am Beratungsfeuer der Lenapen. Unkas, der Sohn aus dem edlen Geschlecht der Großen Schildkröte, ist gefunden!“

Mit freudigem Erstaunen hatten die Gefangenen diese unerwartete Wendung beobachtet, und als jetzt der junge Mohikaner seine Blicke über die ehrfurchtsvoll zu ihm aufsehenden Delawaren schweifen ließ, gewahrte er Falkenauge unter den Gefangenen. Er schritt auf ihn zu und führte ihn vor den Thron des Patriarchen.

„Großer und weiser Tamenund", sagte er, „laß dein Auge gnädig auf dem weißen Mann ruhen. Es ist Falkenauge, der Freund von Unkas. Er wuchs auf unter den Delawaren, und sie lehrten ihn, den sie auch Wildtöter nannten, der Fährte des Wildes zu folgen. Seine Feinde, die Mingos, gaben ihm den Namen ‚Lange Büchse'. Noch nie hat seine Hand einem Delawaren etwas zuleide getan!"

Ein beifälliges Murmeln durchlief die Reihen der roten Krieger.

„Wo ist der Hurone?" fragte Tamenund. „Er möge kommen, um gerechte Worte aus meinem Munde zu vernehmen!"

Magua trat vor den Patriarchen, herausfordernd sagte er: „Der große Tamenund wird dem Häuptling der Huronen nicht vorenthalten wollen, was Magua ihm geliehen hat."

„Sprich, Sohn meines Bruders", erwiderte Tamenund und blickte Unkas an. „Hat der Hurone das Recht des Siegers an dir?"

„Er hat kein Recht an mir. Der Panther kann in die Grube fallen, aber er weiß sich zu befreien", antwortete der Mohikaner stolz.

„Und hat der Hurone ein Recht auf Falkenauge?" fragte Tamenund weiter.

„Mein Freund Falkenauge, der weiße Jäger, verlacht die Huronen!"

„Hat er ein Recht auf die Fremden, die schutzsuchend in das Dorf kamen?"

„Sie sind unsere Gäste“, entgegnete Unkas, „und mögen gehen, wann es ihnen gefällt.“

„Der Hurone übergab mir ein bleiches Mädchen, gehört es ihm?“

Unkas schwieg.

„Es ist meine Gefangene!“ rief Magua in die Stille. „Der Mohikaner muß es bezeugen!“

„Es ist so“, kam leise die Antwort des jungen Häuptlings.

„So entferne sich Magua mit dem, was sein ist“, sagte Tamenund bestimmt. „Der Große Manitou verbietet den Delawaren, ungerecht zu sein.“

Vergeblich versuchten die Freunde, Magua durch das Angebot von Lösegeld und Geschenken zum Verzicht auf Kora zu bewegen. Still in ihr Schicksal ergeben, mußte das arme Mädchen dem Huronen folgen, der sie hart am Arm ergriff und eilig dem nahen Walde zustrebte, noch geschützt vom Gastrecht der Delawaren. Betroffen blickten die Gefährten dem Huronen nach.

Unkas zog sich mit einigen Häuptlingen zur Beratung zurück, um die Vorkehrungen für den geplanten Kriegszug der Delawaren gegen die Mingos zu treffen. Sie wollten Kora aus der Gewalt Maguas befreien. Als die dem Huronen gewährte Frist abgelaufen war, setzte sich eine Schar von über zweihundert Indianern in Marsch, begleitet von Falkenauge, Munro und Heyward. Auf leisen Sohlen, wie ein Geisterheer, zog die Streitmacht der Delawaren durch den Wald, dem Dorfe der Huronen zu.

Bald brachten die vorausgesandten Späher den ersten Gefangenen zurück und näherten sich damit Unkas und den drei weißen Männern, die auf die Botschaft der Späher warteten.

„Seid gegrüßt, David Gammut!“ rief Falkenauge fröhlich aus, als er die von zwei Indianern eskortierte Gestalt erblickte. „Bei uns seid Ihr in sicherer Hut. Aber was könnt Ihr uns von drüben berichten?"

Der Sänger, dankbar und froh, wieder mit den Gefährten vereint zu sein, hatte sich erst im Lager der Huronen und dann im Walde verborgen gehalten. Er erzählte, daß der Stamm mit einer großen Zahl von Kriegern vor dem Dorfe liege. Magua sei ihr Anführer, er habe Kora in der gleichen Höhle in Sicherheit gebracht, aus der Heyward bei seinem ersten Streifzug Alice befreit hatte. Mit Freude vernahmen Oberst Munro und Heyward die Botschaft, daß das Mädchen noch am Leben sei.

Unkas und Falkenauge besprachen ihr weiteres Vorgehen. Der Häuptling wollte mit der Masse seiner Krieger die vor ihnen liegenden Huronen angreifen, während der Jäger mit seinen weißen Waffengefährten und einem kleinen Trupp ihm unterstellter Indianer den Gegner auf ihm wohlvertrauten Pfaden umgehen und versuchen sollte, Kora zu retten.

Doch nachdem sich die kleine Gruppe von der Hauptmacht getrennt und die große Lichtung vor dem Dorf erreicht hatte, wurde sie unvermutet von starkem Feuer der Huronen überfallen. Zwar gelang es ihnen, den Angriff durch ihre überlegene Schießkunst zunächst abzuwehren, aber je näher sie in zähem Kampf dem Dorfe kamen, um so schwerer wurde es ihnen, sich gegen die Schüsse zu decken und sich gegenüber der Übermacht zu behaupten.

Da ertönte plötzlich von links her lautes Kriegsgeschrei: der Schlachtruf der Delawaren! Unkas brach mit seinen Kriegern durch den Wald und zwang in ungestümem Angriff die Huronen zur Flucht. Das Gefecht kam erst wieder zum Stehen, als sich die Feinde in einem dichten Dickicht aufs neue festsetzen konnten, das von den Angreifern nur schwer einzusehen war. Plötzlich krachte im Rücken der Huronen ein wohlgezielter Schuß, der einen der Verteidiger zu Boden streckte.

„Hurra! Das ist Chingachgooks Büchse!" rief Falkenauge frohlockend. „Auf, Delawaren! Der Sieg ist unser!"

Die Überraschung der Huronen ausnutzend, stürzten sich die Krieger der Delawaren erneut auf den schon stark geschwächten Gegner, und im Kampf Mann gegen Mann wurde der letzte Widerstand gebrochen. In voller Flucht stoben die Wilden auseinander.

Bei der Verfolgung des geschlagenen Gegners, der am Dorfrand noch einmal einen letzten Widerstand versuchte, hatte sich Unkas zusammen mit Chingachgook und Falkenauge auf die Fährte des mit verzweifelter Tapferkeit kämpfenden Magua gesetzt und schon die Dorfmitte erreicht, als sich der Huronenhäuptling plötzlich von seinen Kriegern trennte. Mit nur zwei Begleitern verschwand er zwischen den Hütten.

Die Flüchtigen eilten der Höhle in den Hügeln zu, in der Kora gefangen saß. Würde der Gehetzte ihr ein Leid antun, wenn er sah, daß er verloren war? Ein schneidender Schmerz durchzuckte den Jäger, und sie verdoppelten ihre Anstrengungen, Magua einzuholen.

Der Wilde konnte die Höhle jedoch noch vor ihnen erreichen. Aber saß er jetzt nicht in seiner eigenen Falle? Seine Verfolger frohlockten bereits und glaubten auch Kora schon gerettet. Laut ihren Namen rufend, stürzten sie hintereinander in die Höhle. Doch nirgends war eine Spur von Kora zu entdecken. Immer weiter führte sie der Weg durch die engen Felswände. Wo war Magua geblieben, und was mochte mit der armen Kora inzwischen geschehen sein?

Plötzlich standen sie vor einem Gang, der nach draußen zu führen schien. Es war ein zweiter Ausgang der Höhle, und gegen die helle Öffnung sahen sie vor sich einige fliehende Indianer, die eben im Begriff waren, die Höhle zu verlassen. Zwischen den roten Gestalten aber flatterte hin und wieder ein helles Gewand auf. Die Flüchtenden schleppten Kora mit sich fort!

„Da ist Kora!" rief Falkenauge seinen Begleitern zu. „Sie lebt! Eilt, Freunde, eilt! Wir müssen sie den Wilden entreißen!"

Doch als sie den Ausgang der Höhle gewonnen hatten, waren auch die Fliehenden ihren Blicken zunächst entschwunden. Auf einem schmalen Pfad, der steil auf eine Felskuppe hinaufführte, setzten sie die Verfolgung fort und erreichten keuchend die Höhe. Von hier oben sahen die Verfolger Magua bereits durch die vor ihnen liegende Schlucht eilen. Er schleppte Kora hinter sich her.

Mit letzter Kraft sträubte sich das Mädchen, das seine Retter nahe wußte, auch nur noch einen Schritt weiter zu gehen und klammerte sich verzweifelt an einen Felsvorsprung. Da riß Magua das Skalpmesser aus dem Gürtel und rief mit drohender Stimme: „Wähle, weiße Squaw: Entweder die Hütte des Häuptlings oder den Tod durch diesen Stahl!"

In diesem Augenblick stieß Unkas einen fürchterlichen Schrei aus, um den Mörder zu erschrecken, und sprang kühn und furchtlos in den Abgrund. Zu Füßen Maguas landete er in der steinigen Schlucht. Der ließ von dem Mädchen ab, stürzte sich auf den so plötzlich erschienenen Feind und stieß dem beim Aufprall gestrauchelten Unkas das Messer in die Brust. Zugleich versetzte auch einer der Begleiter Maguas Kora einen tödlichen Stich ins Herz.

Mit Aufbietung der letzten Kraft riß sich Unkas noch einmal hoch und ließ sein schweres Schlachtbeil auf den Kopf des Wilden niedersausen, der Kora gemordet hatte, dann wurde es Nacht vor seinen Augen. Der Letzte der Mohikaner war heimgegangen in die ewigen Jagdgründe seines Stammes.

Entsetzt hatte der Jäger das blutige Drama von der schwindelnden Höhe des Felsens verfolgt, doch als er die

Büchse hochriß, war Magua bereits hinter deckendem Felsgestein verschwunden. Nur den zweiten Begleiter Maguas konnte er mit einem sicheren Schuß zu Boden strecken.

Eine Felsspalte hinderte Magua an schneller Flucht. Ehe er zum Sprung ansetzte, wandte er sich noch einmal mit drohender Gebärde gegen den ihn verfolgenden Jäger und rief mit höhnischer Stimme: „Das war Maguas Rache!" Dann sprang er über die Spalte, verfehlte aber den jenseitigen Abhang und konnte sich nur durch Anklammern an einen aus dem Fels gewachsenen Strauch vor dem Sturz in den Abgrund retten. Er versuchte an dem glatten Gestein hochzuklettern und bot dabei der Büchse des Jägers ein sicheres Ziel. Mit einem lauten Aufschrei stürzte er tödlich getroffen in die Tiefe.

Als die Sonne des nächsten Tages über dem Schauplatz des schweren Kampfes aufging, war der Sieg über die

Huronen vollkommen. Aber wie teuer war er erkauft worden! Kein Siegesjubel war zu hören, große Trauer um Unkas, den letzten Mohikaner aus dem Geschlecht der Schildkröte, war eingezogen in die Hütten der Delawaren.

Und mit ihnen trauerten die weißen Freunde um die treue Kora. Auf einer aus Zweigen geflochtenen Bahre lag unter bunten indianischen Decken das arme Opfer des blutrünstigen Magua, und Indianermädchen streuten Blumen und wohlriechende Kräuter auf ihr letztes Lager. Schmerzerfüllt und in tiefer Niedergeschlagenheit standen die Gefährten um die Bahre, um Abschied zu nehmen.

Daneben, nach indianischer Sitte an einen Baum gelehnt, saß aufrecht Unkas, der letzte Mohikaner, mit dem prachtvollsten Schmuck geziert, den der Stamm für den toten Häuptling zusammengetragen hatte. Vor ihm stand unbeweglich Chingachgook, seine Augen ruhten auf dem Antlitz des Sohnes, den Manitou so früh zu sich gerufen hatte. Neben ihm, auf seine Büchse gelehnt, stand Falkenauge, ebenfalls tief erschüttert durch den Verlust des jungen Freundes, während nacheinander die würdigsten Krieger der Delawaren vortraten, um die Taten des Dahingegangenen zu besingen.

Nachdem Kora und Unkas feierlich zur letzten Ruhe gebettet waren, galt es Abschied zu nehmen für die Freunde, die so Schweres miteinander erlebt hatten. Im Schutz eines sicheren Geleits zog der durch den Tod der geliebten Tochter tief gebeugte Oberst Munro mit Alice und Major Heyward in die Kolonie zurück. Schweren Herzens trennten sie sich von Falkenauge, der an der Seite Chingachgooks in den weiten Wäldern zurückblieb, die seine und seines indianischen Freundes Heimat waren.

DER PFADFINDER — *so wird Lederstrumpf, der in den Wäldern und auf den Flüssen und Seen zu Hause ist, rühmend genannt. Und immer wieder vertrauen sich ihm Reisende an, wenn ihr Weg sie durch die gefahrdrohende Wildnis führt. Denn noch immer kämpfen Engländer und Franzosen gegeneinander und verwickeln die Indianerstämme in ihren Krieg. Und die Landreise, die der alte Seemann Cap und seine Nichte zu einem entlegenen Fort am Ontariosee unternehmen, hätte ihnen den sicheren Tod gebracht - allein der Mut und die Umsicht Pfadfinders und Chingachgooks retten sie vor den feindlichen Indianern, aber auch vor Verrat. Die Jahre vergehen — aus der einst unberührten Wildnis ist besiedeltes Gebiet geworden . . .*
DER ALTE TRAPPER *und sein indianischer Freund führen ein zurückgezogenes Leben bei Jagd und Fischerei. Es fällt ihnen, die unumschränkte Herren der weiten Wälder waren, schwer, sich den Jagdgesetzen der Siedler zu fügen. Die stille Feindschaft zwischen dem alten Jäger und den neuen Herren des Landes bricht offen aus . . .*